A JUSTIÇA
DO ANJO
DA MORTE

CRISTIANO SARDINHA

A JUSTIÇA DO ANJO DA MORTE

São Paulo, 2023

A Justiça do Anjo da Morte
Copyright © 2023 by Cristiano Sardinha
Copyright © 2023 by Novo Século Editora Ltda.

EDITOR: Luiz Vasconcelos
GERNTE EDITORIAL: Letícia Teófilo
COORDENAÇÃO EDITORIAL: Driciele Souza
PREPARAÇÃO: Luciene Ribeiro dos Santos
REVISÃO: Renata Panovich Ferreira
CAPA: Ian Laurindo
PROJETO GRÁFICO E DIAGRAMAÇÃO: Joyce Matos

Texto de acordo com as normas do Novo Acordo Ortográfico
da Língua Portuguesa (1990), em vigor desde 1º de janeiro de 2009.

Dados Internacionais de Catalogação na Publicação (CIP)
Angélica Ilacqua CRB-8/7057

Sardinha, Cristiano A Justiça do Anjo da Morte / Cristiano Sardinha. – Barueri, SP: Novo Século Editora, 2023. 176 p. ISBN 978-65-5561-571-5 1. Ficção brasileira 2. Literatura fantástica I. Título	
22-1521	CDD B869.3

Índice para catálogo sistemático:
1. Ficção: Literatura brasileira

Impressão: Searon Gráfica

GRUPO NOVO SÉCULO
Alameda Araguaia, 2190 – Bloco A – 11º andar – Conjunto 1111
CEP 06455-000 – Alphaville Industrial, Barueri – SP – Brasil
Tel.: (11) 3699-7107 | E-mail: atendimento@gruponovoseculo.com.br
www.gruponovoseculo.com.br

De tanto ver triunfar as nulidades, de tanto ver prosperar a desonra, de tanto ver crescer a injustiça, de tanto ver agigantarem-se os poderes nas mãos dos maus, o homem chega a desanimar-se da virtude, a rir-se da honra, a ter vergonha de ser honesto.

Rui Barbosa

Sumário

O julgamento 11
Nova Esperança 21
Gritos do passado 29
Pesadelo 37
Azrael 43
A tríade 51
Samurai louco 59
Lenda urbana 67
Tráfico humano 75
Néctar divino 83
Irmão de armas 91
Sol caído 101
Discurso de político 111
Um homem honesto 115
O peso do mundo 121
Fantoche de pano 127
O único cristão 133
Anjo ou demônio? 137

Roda do destino.. 143
Vida e morte 151
Razões para viver.. 157
A promessa.. 165
Epílogo... 173

CRISTIANO SARDINHA

A JUSTIÇA DO ANJO DA MORTE

O JULGAMENTO

CONTAREI A VERDADEIRA HISTÓRIA SOBRE A CRUzada contra a corrupção, a covardia e a injustiça, que resolvi denominar de "A Justiça do Anjo da Morte". Ao fim destas palavras, não espero aprovação; quero apenas esclarecer os fatos e deixar um aviso aos que possuem as trevas dentro de si.

Hoje, percebo que as razões e os sentimentos que me impulsionaram a agir estão comigo desde a mais tenra idade e moldaram a minha existência, forjando quem sou. No entanto, para que qualquer incêndio comece, é preciso apenas uma fagulha. E, nesta história, ela se acendeu no dia daquele fatídico julgamento na cidade de Nova Esperança.

O juiz que presidia a sessão mal cabia na cadeira. Parecia que o terno iria explodir a qualquer momento, e da sua testa rolavam rios de suor. Ele não parava de bocejar e conduzia a audiência com a mesma empolgação de um coveiro velho jogando terra sobre um caixão.

Pensando bem, era isso que se tornara. Um coveiro que enterra vidas e sonhos para sempre. O retrato de uma justiça ineficiente, cara e podre.

– Dr. Theo, o Ministério Público pode fazer as considerações finais – disse o magistrado, sem se dar ao trabalho de levantar a cabeça. – Por favor, seja o mais breve possível. Está quase na hora do almoço!

Indiferente à descortesia e à pressa incompatível com a gravidade do caso, me aproximei dos jurados, botei as mãos nos bolsos e os observei durante alguns segundos. Após as escolhas da defesa e da acusação, restavam quatro homens e três mulheres no júri. Em geral, eram pessoas leigas que não conheciam os tecnicismos jurídicos e analisariam o caso de maneira passional.

– Senhoras e senhores: conforme as provas demonstradas, está claro que o réu, Ricardo Moura, executou a esposa – comecei a falar, depois de conseguir a atenção necessária. – Quando recapitulamos os fatos, percebemos que o réu foi para casa e espancou Alice Moura. Depois, cortou a garganta dela, arrancou o coração e fugiu do local do crime.

Nesse momento, exibi as fotos tiradas pela perícia. Estendido sobre uma poça de sangue, jazia o corpo pálido com inúmeros hematomas. Via-se um corte profundo, que ia de um lado ao outro do pescoço. No peito havia um buraco, de onde foi arrancado o coração. Os olhos estavam saltados e a boca escancarada, como se ela ainda gritasse de dor.

Em face das circunstâncias bizarras, o semblante da garota de apenas dezesseis anos não continha mais quaisquer resquícios da beleza advinda do frescor da juventude. Os jurados ficaram estarrecidos com a cena bestial, e os pais da vítima não conseguiram conter o choro.

— Está configurado o crime de feminicídio, conforme o artigo 121, parágrafo 2º, inciso VI, do Código Penal. Devo ressaltar que o réu é reincidente, com antecedentes de ameaças, agressões, violência doméstica e tentativas de homicídios. Em nome da justiça e pela segurança da sociedade, requeiro a sua condenação e imediata prisão!

O homem no banco dos réus não tinha peculiaridades físicas que o destacassem, nada que o diferenciasse da multidão. Era o tipo de rosto que se via e logo se apagava da memória. Contudo, o que não podia passar despercebido é que ele integrava a "Tríade", um sindicato do crime que há décadas dominava a cidade.

Ricardo Moura não demonstrava sinais de remorso ou qualquer outro tipo de sentimento pelo que fez. Portava-se com tranquilidade e até sorria cinicamente quando o júri não o observava. Estava confiante de que o dinheiro sujo da máfia e o advogado mau-caráter que o defendia seriam o passaporte certo para a liberdade.

O advogado de defesa sustentou que o cliente tomava remédios controlados e fora diagnosticado com graves problemas mentais. Além disso, alegou que Ricardo agiu movido por violenta emoção, pois amava exageradamente a esposa; e quando suspeitou que havia sido traído, não suportou a dor e a humilhação. Era a velha tática de distorcer os fatos, desvalorizar a vítima e tentar responsabilizá-la pelo crime.

Enquanto o advogado despejava mentiras e retóricas vazias, o réu – que há pouco sorria, talvez pensando em sua próxima vítima – pôs-se a chorar copiosamente para sensibilizar o júri e o público. Esse teatro mórbido foi um dos espetáculos mais patéticos que pude presenciar durante a carreira jurídica.

Ao imaginar que aquele monstro poderia ficar impune, tremi de ódio e quase não consegui disfarçar. Memórias que eu havia enterrado nas cavernas mais profundas da mente começaram a vir à tona. Lembrei do odor de álcool, das surras cotidianas, do desespero e da culpa atormentadora.

Durante muito tempo, lutei contra esses sentimentos e consegui controlá-los, para não deixar que isso me dominasse e consumisse por completo. Tinha medo do que poderia acontecer e de quem poderia me tornar. Trabalhar no Ministério Público foi uma forma que encontrei para enfrentar os meus fantasmas e tentar fazer justiça, para que outros não sofressem o que sofri.

Os jurados se dirigiram a uma sala apropriada, longe dos olhares curiosos, e depositaram de forma sigilosa os votos dentro de uma urna. Após uns quarenta minutos de expectativa, os votos foram entregues ao juiz.

De mãos dadas, os pais da jovem assassinada rezavam em silêncio e de olhos fechados. Talvez clamassem por justiça divina; era a única coisa que poderiam fazer. A tensão dos presentes foi geral.

Por unanimidade, foi decidido que o réu era culpado e foi determinada a sua prisão imediata. O público comemorou, e o juiz precisou sair do seu estado de hibernação para pôr ordem no recinto.

A cada duas horas, uma mulher era morta na cidade de Nova Esperança. A onda de violência generalizada e as características do feminicídio de Alice fizeram com que o caso alcançasse grande repercussão social. O batalhão de repórteres se apressava em transmitir o mais rápido possível as últimas notícias.

Apesar do pouco tempo de carreira, eu já havia passado por muitos julgamentos complexos. Mesmo assim, é difícil descrever com precisão o que senti com o anúncio da sentença. Foi como um misto de alívio e renovação da certeza de que nem tudo estava perdido neste mundo louco.

Quando me aprontava para ir embora, os pais da garota vieram agradecer. Fiquei com um nó na garganta; não sabia o que falar para pessoas tão humildes e sofridas. Antes que eu pudesse dar alguma resposta, eles me abraçaram. O advogado de defesa, que vinha passando com o seu terno caro e relógio espalhafatoso, fez uma cara de deboche e ofereceu um lenço para que eles enxugassem as lágrimas.

– Você sabe onde pode enfiar isso – foi a resposta que a senhora deu ao advogado. Depois o casal saiu de mãos dadas e a passos lentos.

Não há dor mais excruciante que a de enterrar um filho ou uma filha. É algo que contraria a lógica da natureza. Aquele casal de idosos passaria os seus últimos dias suportando tal agonia.

Do lado de fora, os repórteres me esperavam. Sempre busquei ficar o mais longe possível deles. A imprensa moderna estava se revelando uma máquina de manipulação das massas, e invariavelmente distorcia as palavras a serviço dos jogos de poder. Fiquei zonzo com os flashes das fotografias e as perguntas metralhadas.

– Dr. Theo, a defesa afirmou que a decisão foi muito dura e que a prisão é desproporcional. Qual é a sua opinião? – perguntou um repórter.

– Ela realmente traiu o marido? – questionou outro.

– A arma do crime foi encontrada? – indagou um terceiro.

– Ele tinha problemas mentais?

– Vão recorrer. O que a promotoria vai fazer?

Acompanhado pelos repórteres, andei com dificuldade até o carro. Os pneus cantaram quando arranquei e, por sorte, não atingi nenhum deles. Teria sido um prato cheio para que fizessem sensacionalismo barato.

Quando finalmente estava livre dos abutres de microfone, me lembrei da montanha de processos esperando por mim na promotoria. Mesmo trabalhando de maneira extenuante, às vezes me sentia completamente inútil; pois, para cada assassino que conseguia colocar atrás das grades, tinha centenas de outros que ficavam livres para fazer novas vítimas.

Para piorar, a promotoria estava sendo propositalmente sucateada. Alguns colegas abandonaram o serviço por falta de segurança e para proteger a família. Ainda havia os hipócritas que viviam em mundos imaginários de torres de marfim sem nunca terem conhecido a realidade das ruas, mas tinham a petulância de arrotar asneiras nas redes sociais.

Por todos esses motivos, nos últimos dez anos, os índices de violência aumentaram de maneira vertiginosa em Nova Esperança. Os especialistas responsabilizavam os desvios das verbas públicas, o desemprego e a falta de educação. O fato é que a cidade estava caótica e as pessoas conviviam com o medo.

O celular tocou, e fiquei feliz quando identifiquei a ligação. Era Diana, tenente da polícia. Nós estávamos juntos há algumas semanas.

– Parabéns, senhor promotor – ela disse. – Te achei uma gracinha de terno e gravata na televisão.

– Está livre hoje à noite?

– Nossa, você realmente não perde tempo.

– O culpado é o seu sorriso – respondi.

– Depende da proposta.

– Aceita um jantar à luz de velas?

– Gostei. Passou no teste.

– Te busco às sete.

– Combinado.

Nova Esperança

A cidade de Nova Esperança recebeu esse nome por ter sido fundada por sobreviventes do holocausto da Segunda Guerra Mundial. A localização privilegiada e o porto com capacidade para receber grandes navios cargueiros deram condições para que fosse transformada em um grande centro urbano e comercial. Os primeiros moradores se empenharam para que o lugar fosse bom e decente para viver, mas falharam miseravelmente quando mafiosos e traficantes dominaram as ruas.

Particularmente, nunca conheci um lugar que tivesse um nome tão incoerente com a realidade; no entanto, muitos ainda insistem em contar orgulhosamente a história da cidade. A verdade é que Nova Esperança é um monte de lixo, sangue e merda. Nesse caso, se esperança fosse sinônimo de teimosia, seríamos os campeões do mundo.

Saí da promotoria no fim da tarde para fugir dos engarrafamentos; não queria me atrasar para o encontro com Diana. Mas não adiantou muita coisa: os carros já estavam enfileirados nas avenidas largas e fumacentas. Em compensação, avistei entre os prédios o crepúsculo tingindo as nuvens do céu de tonalidades de vermelho, transformando o horizonte em uma imensa aquarela. Um pôr do sol que havia tempo não apreciava.

Reparei que as pessoas andavam apressadas pelas calçadas, falando aos telefones ou com os olhos hipnotizados pelas telas brilhosas, não se importando com o espetáculo promovido pela natureza. Eu não era tão diferente delas: também desperdiçava a maior parte do tempo com mediocridades, e ainda não entendia o meu propósito naquela época.

Quando cheguei em casa, tirei o terno, tomei uma ducha fria, fiz a barba, vesti uma camisa branca e calça jeans. Em uma época em que os homens são tão vaidosos, não sei como Diana se interessou por um sujeito que mantinha sempre o mesmo corte de cabelo no estilo militar. Por outro lado, ela não era do tipo que namoraria com um burguês desocupado, ou algum desses caras barrigudos e molengas que passam o dia comendo pizza na frente da televisão.

Como servi no Exército, eu mantinha o hábito de treinar e correr diariamente. Também fazia jiu-jitsu, ganhei alguns campeonatos e me preparava para receber a faixa preta. Pela quantidade de hematomas que ostentava, acho que já a merecia; mas o meu mestre era bem rígido, e queria testar a minha paciência.

No horário marcado, estacionei o carro na frente do prédio de Diana. Ela atrasou, e os minutos se arrastaram como se fossem horas. Fechei os vidros e coloquei o volume do rádio no máximo. Aproveitei para curtir o som de "Tempo perdido", do Legião Urbana.

Os versos da música me fizeram viajar. Fui arrancado dos devaneios com as batidas no vidro. Diana estava esperando, não sei por quanto tempo, que eu abrisse a porta do carro. Aos olhos dela, eu deveria estar parecendo um maníaco, com o som nas alturas, cantando e perturbando a vizinhança.

Aposto que isso não deve ter causado uma boa impressão.

A espera valeu a pena, pois Diana estava deslumbrante. Ela usava um vestido longo e preto com uma fenda lateral. O tecido leve flutuava, destacando as curvas bem desenhadas do seu corpo. Os cabelos longos e negros escorriam livres até o fim das costas. Além do batom vermelho para adornar os lábios, não usava outra maquiagem. Os olhos puxados e de uma cor mel-esverdeada eram expressivos e enigmáticos, de modo que eu nunca sabia com clareza o que ela estava realmente pensando. Mas quem pode compreender os mistérios de uma mulher?

Embevecido por aquele sorriso e pelo frescor de seu perfume, viajei por centenas de fantasias. Finalmente voltei à terra e tive um lapso de raciocínio, e somente então entendi o que ela me perguntava.

– Tem talento. Pensa em fazer shows?

– Só se for particular para você.

– Eu ia adorar. – Ela passou a mão no cabelo. – Aonde vamos?

– A proposta era um jantar à luz de velas, mas o que acha de pularmos a parte do jantar?

– Que falta de romantismo, "senhor apressadinho" – ela falou como se não tivesse gostado, mas a discreta ponta de sorriso denunciava o contrário.

– Não resisti. Você está linda.

– E você não está de se jogar fora.

– Conheço um restaurante italiano que tem o melhor espaguete à carbonara da cidade. O vinho também é ótimo – comentei, mesmo desejando loucamente ir para outro lugar. Estrategicamente, era preciso retroceder para não perder pontos no jogo da sedução.

Fomos ao Mario's, um restaurante tradicional na parte nobre da cidade. A estrutura rústica era o charme do lugar. O dono era um velhinho rabugento que sabia fazer uma massa artesanal deliciosa e não admitia músicas modernas dentro do recinto. Quase sempre havia cantores locais emprestando a voz para canções das décadas de 1960, 1970 e 1980. Eu achava bem melhor que as atuais paradas de sucesso.

– O maior sonho que tenho é seguir os passos do meu pai – disse Diana. – Um dia, vou ser a capitã da polícia de Nova Esperança.

– Tenho certeza de que vai conseguir. – Levantei a taça de vinho.

– Sabe, o que mais me empolga é estar nas operações de campo, mas não é fácil ser mulher no posto de comando. Parece que tenho sempre que provar a minha capacidade para alguém.

– Há duas verdades que aprendi na vida – respondi. – A primeira é que algumas pessoas são infelizes e se doem com a felicidade alheia.

– E a segunda? – ela perguntou.

– Homens de ego fraco costumam ficar incomodados com mulheres no poder – expliquei.

– E você? Nunca se incomodou com o meu jeito?

– Inteligência, determinação e independência são qualidades que aprecio em uma mulher. – Tomei um gole de vinho. – Você tem todas elas, e ainda tem essas pernas de brinde!

Ela riu da minha cantada boba e continuou a falar. Não importava o assunto, eu não cansava de ouvi-la. O jeito como os seus lábios mexiam e o som de sua voz eram agradáveis. Parecia o canto de uma sereia; mas, ao contrário de Ulisses, herói da mitologia, eu não conseguia resistir.

Fico feliz em recordar esse momento, quando eu e Diana tivemos o nosso jantar à luz de velas e nos confidenciamos segredos, como só os apaixonados são capazes de fazer.

Após o jantar e a garrafa de vinho, fomos para o apartamento dela e terminamos a noite da melhor maneira possível. Não espere que eu revele mais do que isso, pois não há nada mais deselegante para um homem do que contar os detalhes íntimos dos momentos que teve com uma mulher. Posso ser acusado de quaisquer outros defeitos, menos desse.

Às vezes penso em como queria que as próximas páginas pudessem ser escritas de uma maneira diferente. Aquela foi a minha última noite de paz e tranquilidade, sem perseguições ou mortes me rondando. Os acontecimentos do dia seguinte mudariam por completo o curso da minha vida e desta história.

Gritos do passado

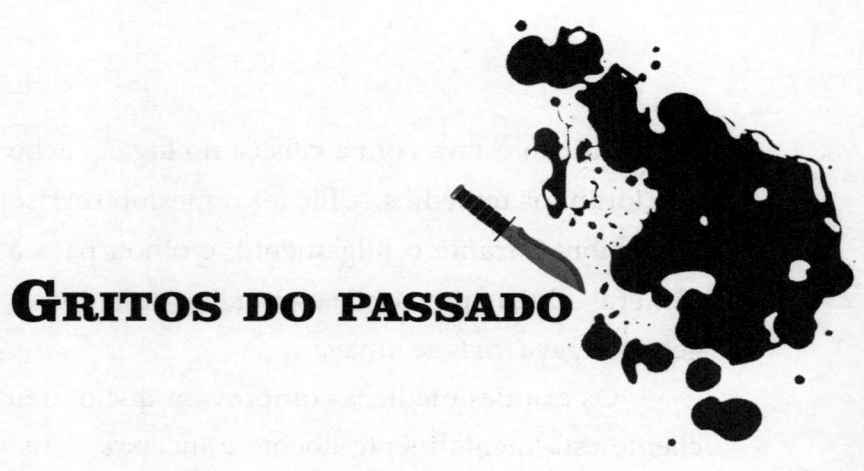

Eram por volta de oito horas da manhã; precisava chegar à Promotoria para dar conta de alguns processos urgentes. Como de costume, eu estava tomando uma enorme caneca de café e ajeitando o nó da gravata, enquanto assistia às notícias na televisão.

Quase deixei a caneca cair no chão com a imagem que surgiu diante dos meus olhos. Ricardo Moura, o homem que cortou a garganta e arrancou o coração da jovem esposa, estava saindo pela porta da frente da cadeia e era entrevistado como se fosse uma celebridade.

– O que tem a declarar? – perguntou a repórter.

– Sou um homem de bem, trabalhador e que paga os seus impostos.

– Se arrepende do que fez?

— Eu não estava com a cabeça no lugar... acho que foram os remédios. — Ele fez o mesmo sorriso que exibiu durante o julgamento, e olhou para a câmera. — Meu amor, onde estiver, me desculpe. A gente brigava, mas se amava.

— Os exames médicos comprovam que o meu cliente está mentalmente doente e incapaz — disse o advogado, puxando o microfone da mão da repórter. — Seria leviano manter a prisão de um homem que necessita de tratamento. Parabéns ao tribunal, que fez justiça e reverteu a decisão!

Aquele advogado canalha ainda teve o descaramento de falar em justiça. Com certeza subornou os juízes da Corte Superior, que se vendiam por muito pouco. Embora fossem magistrados riquíssimos, não havia dinheiro que fosse suficiente para manter o estilo de vida faraônico que ostentavam. Acima de tudo, se corrompiam pelo prazer doentio de ter a vida e a liberdade de outras pessoas em suas mãos.

A polícia, a imprensa e os órgãos oficiais de Nova Esperança sabiam dessa extensa rede de corrupção orquestrada pela Tríade, que envolvia diversas autoridades e políticos, com tentáculos espalhados por todas as partes da cidade; mas o sistema era uma máquina de moer gente, e ninguém ousava enfrentá-lo.

Novamente, o passado gritou em meus ouvidos de maneira insuportável. O fedor de álcool, os choros, as surras sem fim, a morte trágica. Não há por que criar mais expectativas; tenho que revelar o que aconteceu.

O início da minha infância foi feliz. Havia os passeios na praça, as corridas de bicicleta, os desenhos de heróis, as missas na igreja aos domingos. Quase todas as pessoas são felizes nessa fase; acredito que mais pela inocência do que pela realidade em si.

Ainda consigo sentir o cheiro do café que mamãe preparava pela manhã. Ela sempre me dava um beijo antes de sair, com o cabelo amarrado e usando algum dos seus vestidos floridos prediletos, para ir à escola municipal – onde lecionava Religião e Filosofia para crianças carentes. Quanto ao meu pai, dificilmente conversávamos e eu não sabia em que ele trabalhava.

Recordo com especial carinho de mamãe me ajudando com as tarefas da escola, me levando para tomar sorvete de chocolate, lendo fábulas, contando histórias como só ela sabia e cantando baixinho para eu dormir. Quando tínhamos esses nossos momentos, ela ficava radiante e costumava falar: "Filho, você é a minha alegria e razão de viver!".

Em algum momento, os meus olhos se abriram; e as ilusões que sustentavam o mundo perfeito começaram a desmoronar como um castelo de cartas ao vento. Percebi que o meu pai bebia com frequência e chegava em casa cada vez mais agressivo. Por vergonha e para manter o casamento, mamãe fazia o possível para que os outros não percebessem o que acontecia.

Na adolescência, busquei refúgio principalmente nos livros. Eles se tornaram os meus melhores amigos e me permitiram vivenciar mundos diferentes. Eu lia diariamente a Bíblia, pois a palavra de Deus reconfortava as minhas dores e angústias. Nessa época, até pensei em ser padre; achava interessante a vida eclesiástica, mas a necessidade de celibato acabou afastando essa ideia.

Apesar dos meus esforços, não consegui fugir da realidade por muito tempo. As surras começaram a ficar cada vez mais frequentes, e eu não tinha coragem de enfrentar o meu pai.

Eu me encolhia, tapava os ouvidos e rezava. Sussurrava sem parar o Salmo 23:4: *"Ainda que eu andasse pelo vale da sombra da morte, não temeria mal algum, porque tu estás comigo; a tua vara e o teu cajado me consolam."*

Em um dia quente de verão, aconteceu o que mais temia. Quando cheguei da escola, havia carros da polícia em frente à porta de casa. O corpo de mamãe estava coberto por um lençol manchado de sangue. O meu próprio pai, o homem que deveria protegê-la, acabou tirando a vida dela com um disparo de revólver. Fui atingido pela morte da pior maneira possível.

Por meio das investigações da polícia, fiquei sabendo que o meu pai tinha se envolvido com um dos grupos mafiosos que compunham a Tríade. Ele fez muitas dívidas no jogo e não tinha como pagá-las; por isso, estava sendo ameaçado de morte. Descontou as suas frustrações em mamãe, até não poder mais.

Quando sepultamos alguém tão amado, enterramos uma parte de nós mesmos, e o passar dos dias torna a dor mais excruciante. Como sofri ao perceber que o ser que me gerou, que era a parte mais doce da minha vida, havia partido para sempre. Nunca mais teria a candura de seus olhos, a sua voz para me acalmar, os seus conselhos, o seu afeto e carinho.

Em meu coração, restou uma saudade que me arrastava para a constante melancolia, apenas eclipsada pelo ódio visceral que sentia pelos culpados da morte de mamãe. Nunca mais tive notícias do meu pai, que simplesmente evaporou. Por causa das dívidas com a máfia, é possível que tenha terminado na sarjeta com um tiro na cabeça.

Cheguei a duvidar de Deus e amaldiçoar o meu destino. Teria sido bem menos doloroso se eu fosse mais um desses garotos comuns que tem um pai que sai para comprar cigarros e não volta mais. Por outro lado, me martirizava pensando que, se tivesse feito alguma coisa, as coisas poderiam ter sido diferentes. Será que a vida era uma caótica e aleatória sequência de "se"?

Sem ter ninguém para cuidar de mim, passei por alguns orfanatos, onde me meti em muitas brigas. Quando completei dezoito anos, ingressei no Exército. Eu me identifiquei com a carreira militar; gostava da disciplina rígida e do treinamento. Com suor e dedicação, consegui entrar no Batalhão das Forças Especiais, onde tive irmãos de armas e conheci homens com senso de dever e dignidade.

Como fuzileiro, desejava ser enviado para alguma guerra; queria a chance de lutar, proteger as pessoas, fazer pelos outros o que não consegui fazer por mamãe.

A guerra não veio até mim, e então eu fui ao encontro dela. Estudei Direito e ingressei no Ministério Público com o objetivo de fazer justiça: colocar ladrões, estupradores e assassinos na cadeia. Pelo menos era o que achava, antes de perceber que o Direito era um grande "faz de conta", em que as leis eram servas dos poderosos e somente eram aplicadas em desfavor dos que não tivessem condições de pagar o preço necessário.

Pesadelo

Apresentei recurso em face da decisão absurda que libertou Ricardo Moura, mas de nada adiantou. A enorme estátua da deusa Themis representando a justiça com os olhos vendados, que ficava na entrada do Tribunal, nunca havia me parecido tão pitoresca e contraditória.

Como não conseguia trabalhar, fui para casa e passei o resto do dia pensando em outro meio de devolver aquele assassino covarde para a cadeia.

Senti uma dor de cabeça insuportável, acompanhada de náuseas e vertigem. Era uma espécie de enxaqueca que fazia a nuca formigar, os olhos queimarem, os ouvidos zunirem e as têmporas latejarem a ponto de estourar. Tomei analgésicos para aliviar a dor.

Alice, a garota assassinada, surgiu diante de mim chorando e tentando pedir socorro, mas a garganta cortada não a deixava falar. Ela emitia berros guturais e segurava o coração nas mãos. Era de uma brancura mais intensa que a do papel em que escrevo essas palavras; parecia um fantasma atormentado.

Acordei sobressaltado com o terrível pesadelo e não consegui mais fechar os olhos. A dor estava voltando; procurei por analgésicos, mas tinham acabado. A noite trouxe um frio incomum, e eu via a imagem da garota com a garganta cortada em todos os cômodos da casa. Coloquei um casaco e saí de carro para comprar qualquer remédio que me fizesse apagar.

Nuvens carregadas pairavam sobre a cidade e uma espessa neblina a cobria como um véu; mesmo assim, as ruas fervilhavam e os enormes letreiros coloridos em neon iluminavam o movimento das calçadas apinhadas de pessoas. Algumas estavam alegres, despreocupadas, conversavam e riam espalhafatosamente, enquanto outras pareciam sombras pálidas, se entorpecendo ou simplesmente perambulando sem rumo em meio às torres de concreto e arranha-céus envidraçados, construídos à custa de gerações que trabalharam em obras superfaturadas para que políticos enchessem os bolsos de dinheiro.

Eu planejava voltar logo para a minha cama e me entupir com a caixa de Diazepam que comprei na farmácia. Mas quando caminhava até o carro, fui surpreendido.

Em meio à multidão, avistei Ricardo Moura encostado em uma Ferrari vermelha, com um cigarro de maconha na boca e um copo na mão. Nem parecia o homem "doente" que necessitava de tratamento médico e que havia acabado de sair da cadeia, mesmo tendo assassinado brutalmente a esposa. Conversava com uma garota de programa que não devia ter mais do que vinte anos de idade.

Fiquei discretamente observando. Ele não percebeu a minha presença, pois estava totalmente focado em sua nova presa. Passados alguns minutos, puseram-se a andar abraçados. Eu os segui a uma distância segura para não chamar atenção.

Começou a chuviscar. Pensei em ir embora, voltar para casa e seguir a vida. No entanto, algo estranho aconteceu; uma voz ressoou em meus ouvidos:

– Você deve continuar. Não pare! – disse a voz misteriosa, que tinha um som grave e imponente.

Eles entraram em um beco escuro e fumacento, onde havia apenas gatos famintos revirando latas de lixo. A lâmpada quebrada do poste tornava o lugar ainda mais soturno. Fiquei atrás de uma grande lixeira, assistindo ao desenrolar da cena.

Os dois se amassavam com selvageria, parecendo animais no cio. Depois de pouco tempo, a garota começou a gemer, mas não era de prazer. Foi então que percebi que ela estava se debatendo, querendo desesperadamente livrar o pescoço das mãos que o esmagavam.

– Solta ela, desgraçado! – eu gritei.

Ricardo a jogou no chão e se virou para mim. A chuva desabou, e a garota aproveitou a oportunidade para sair correndo. Ele estava tão transtornado que nem me reconheceu. Sacou uma grande faca e veio em minha direção. A lâmina passou raspando pela minha cabeça, e eu teria morrido se não tivesse me esquivado no último segundo. Quando ele se desequilibrou com o golpe no vazio, desferi um soco com tanta força que pensei ter estraçalhado os ossos da mão direita.

Foi como se algo tivesse me possuído; entrei em frenesi, e não conseguia mais parar de bater. O canalha ainda tentou reagir, pegar a faca para acabar comigo. Era eu ou ele. Tomei a lâmina e instintivamente a passei em seu pescoço.

Ele ficou gorgolejando sangue, com as mãos sobre o corte, tentando inutilmente impedir a saída do líquido vermelho e viscoso, que se esvaía pela rua, diluindo-se com a água da chuva. Não demorou para que os olhos ficassem esbugalhados e o peito ofegante parasse de se mexer.

Fiquei atônito, observando o corpo sem vida. Não conseguia acreditar no que havia acontecido. Coloquei a faca no bolso interno do casaco e saí do beco. As ruas estavam vazias por causa do temporal que açoitava a cidade. Cheguei em casa e passei umas duas horas debaixo do chuveiro, deitei-me e logo dormi, sem precisar dos remédios.

AZRAEL

Acordei com sensações estranhas, difíceis de explicar. A mão direita não havia quebrado, mas ficou inchada e doía muito. Eu mal conseguia mexer os dedos.

A primeira coisa que tratei de fazer foi queimar a faca e as roupas manchadas de sangue, para depois enterrá-las no quintal. Tentei seguir minha rotina normal: fui ao Ministério Público, participei de audiências, almocei, despachei alguns processos com a ajuda do estagiário, liguei para Diana, corri dez quilômetros na orla e retornei para casa.

Após o jantar, sentei na poltrona de couro marrom que ficava no centro da sala. Sempre achei que era um móvel meio cafona, que não combinava com o restante do ambiente; mas como era confortável e já estava na casa quando a comprei, acabei deixando no mesmo lugar.

Fiquei pensando sobre o dia anterior. Lembrei que, em certa ocasião, um homem idoso morreu de infarto no metrô, na frente de outros passageiros que presenciaram a agonia do moribundo e nada fizeram. O corpo permaneceu estirado durante dias; somente foi retirado quando o odor de carne podre se tornou tão insuportável que as pessoas não conseguiam mais entrar no vagão. Por essa lógica, ninguém se importaria com mais um defunto na calçada de um beco qualquer. Pelo menos, era isso que eu achava.

As luzes da sala estavam apagadas e eu acompanhava as últimas notícias do jornal das nove. Os raios emitidos pela televisão pareciam me hipnotizar. Foi quando apareceu a foto do assassino de mulheres que eu havia eliminado. Com um frio na barriga, peguei o controle e aumentei o volume.

– A polícia acaba de identificar o corpo de Ricardo Moura – disse a apresentadora. – Ele foi acusado de matar a esposa de apenas dezesseis anos, mas estava solto por ordem judicial. Vamos falar ao vivo com a nossa repórter, que traz mais informações sobre o caso.

– Boa noite! Estamos falando diretamente da Avenida Santa Maria, onde fica um dos principais centros comerciais da cidade – a repórter comentou. – Moradores de rua encontraram o corpo, que tinha um corte no pescoço. Ainda não há suspeitos. As circunstâncias violentas da morte de Ricardo Moura foram muito parecidas com a de sua esposa. Esse caso foi um homicídio comum ou vingança? Alguém tentou fazer justiça com as próprias mãos?

Desliguei logo a televisão, assim que soube o que realmente importava: não havia suspeitos. O resto seria desinformação para atrair o público, aumentar os índices de audiência, agradar aos patrocinadores e atormentar a minha cabeça.

Um sentimento de culpa pairou sobre mim; afinal, eu havia tirado a vida de um homem. Por mais perverso que ele fosse, e ainda que tenha tentado me matar, era um ser humano.

Depois, pensei na moça com a garganta cortada, no coração arrancado do seu corpo. Lembrei de mamãe enrolada no lençol ensanguentado, da relação maldita do meu pai com a máfia. De alguma maneira, esses fatos estavam relacionados à violência bestial que assolava a cidade, assim como ao sistema de justiça infame e corrupto.

Foi quando eu estava naquela sala tomada pela escuridão absoluta, perdido em pensamentos que mudavam de direção como folhas ao vento, que ele falou comigo.

– Eu sei da sua dor e da sua luta, e posso te ajudar! – disse uma voz cavernosa que ecoou pela sala.

– Quem está aí? – quis saber assombrado, quase saltando da poltrona.

– Sou Azrael, o Anjo da Morte!

– Onde você está?

– Não é óbvio? Vai continuar fingindo para si mesmo?

– Isso não pode ser real. Você é uma voz dentro da minha cabeça? – perguntei, ainda mais assustado.

– Estou aqui há muito tempo, mas você insiste em me esconder. Liberte-me! Eu posso te guiar e te transformar, e oferecer a você um propósito.

– Isso não é real! – gritei. – Não pode ser real!

– Tolo! O que é real? Os seus sentidos são a realidade? – ele continuou. – Faça a sua realidade. Mostre aos inimigos a sua realidade!

– Me deixe em paz! – Levantei da poltrona e tapei os ouvidos com as mãos.

– Você precisa de mim. Não seja fraco! Temos que fazer o que mais ninguém pode. Quer que outras crianças fiquem sem a mãe? Que a justiça continue sendo uma piada? Que os monstros fiquem impunes?

– Não... – As pernas cambalearam, e eu ajoelhei.

– Temos que acabar com a Tríade! Eles foram responsáveis pela morte da sua mãe e vão continuar matando gente, se ninguém fizer nada. Você aceita essa missão?

– Eu não sei... – respondi confuso.

– Aceite essa missão sagrada! Seja o Anjo da Morte e aplique a justiça de Deus diante da injustiça dos homens!

Nesse instante, cada um dos acontecimentos da minha vida, principalmente os piores e mais dolorosos, começaram a fazer total sentido. A morte de mamãe e a violência do meu pai não foram eventos aleatórios: estavam inexoravelmente interligados pelas teias do destino. A razão da minha existência ficou clara.

– Eu aceito – falei, quase sem ar.

Ainda de madrugada, quando recuperei a consciência, percebi que tinha caído desacordado no meio da sala. Esperei que a voz falasse novamente comigo, mas foi em vão. Ele não respondia.

Desci pelas escadas apertadas que conduziam ao porão da casa. Quando acendi a única lâmpada, notei o quanto as teias de aranha e as baratas haviam dominado o lugar. Uma ratazana de olhos flamejantes passou entre as minhas pernas. Era um bicho tão grande que parecia ter sido teletransportado da era jurássica.

Em um canto solitário daquele porão sujo havia um velho baú, onde eu guardava minhas recordações do Batalhão das Forças Especiais do Exército. Após limpar a espessa camada de poeira, digitei a senha de segurança e abri o cadeado. As medalhas, o fardamento e as armas permaneciam em perfeito estado, exatamente como havia deixado anos atrás.

Obedecendo ao ritual que sempre praticava, peguei as duas facas que me acompanhavam nos treinamentos e operações militares. Ambas possuíam cabo de marfim e lâminas afiadas de aço carbono, com cerca de vinte e cinco centímetros de comprimento. Eu as adorava; eram presentes de um dos meus irmãos de armas que morrera jovem demais, durante um salto de paraquedas malsucedido.

Desde a antiguidade, as lâminas foram usadas nas guerras e batalhas. Alguns as chamam de "última esperança"; pois, quando a munição acaba, elas são a derradeira defesa contra o inimigo.

Não planejava usar armas de fogo; costumam ser barulhentas, pesadas, mais difíceis de carregar, e os atuais exames de balística as tornam facilmente identificáveis. Nas mãos bem treinadas e certas, as facas são perfeitas para a morte silenciosa, rápida e sem erros.

Retirei os cabos de marfim, adaptando as facas para que se tornassem retráteis e permanecessem escondidas em meus braços. Bastaria um toque no mecanismo para que as lâminas fossem projetadas, como extensões do corpo. Peguei o colete preto de kevlar, um material flexível e leve, resistente ao fogo e com a capacidade de suportar projéteis, até mesmo de uma 357 Magnum ou da espingarda calibre 12.

Usando um sobretudo e capuz negro, conseguiria esconder a silhueta do corpo e confundir os meus movimentos aos olhos dos inimigos. No entanto, ainda faltava algo, talvez o mais importante. Se eu desejava cumprir aquela missão sagrada, precisaria ser a encarnação do medo.

Lembrei da *hannya* que tinha comprado em uma loja de antiguidades, quando viajei pelo Oriente para participar de torneios de artes marciais. Fui para o quarto e revirei as caixas que estavam entulhadas dentro do guarda-roupas, até finalmente encontrar o que procurava.

Era uma máscara com boca grande, dentes ameaçadores e chifres pontiagudos. De acordo com a tradição budista, a *hannya* simboliza que todos os seres humanos possuem sentimentos obscuros, os quais podem transformá-los em monstros terríveis.

A minha experiência havia revelado que criminosos costumavam ser exageradamente covardes e supersticiosos. O objetivo era lhes causar terror; e quando se deparassem com a máscara na penumbra da noite, não enxergariam um homem, e sim uma força sobrenatural. Algo além de suas compreensões medíocres.

A TRÍADE

No passado, os chefes do crime organizado se matavam pelo domínio dos territórios da cidade. Era uma guerra de todos contra todos. Quando perceberam o tamanho do prejuízo financeiro que causavam a si mesmos, resolveram acabar com o banho de sangue e celebrar a paz. Assim nasceu a Tríade, formada por grupos de mafiosos japoneses, russos e italianos. Cada um deles ficou responsável por um setor desse império do crime.

Agora que estava plenamente consciente do meu papel no mundo, fiquei aguardando a ocasião certa para agir. Seguia encenando um teatro para os outros, fingindo que tudo era como antes e que eu ainda era o mesmo. No fim das contas, o fato é que todos nós dissimulamos ser o que não somos, vivemos personagens e ocultamos nossa verdadeira face. Sendo assim, eu não estava fazendo nada de anormal. Os encontros com Diana eram o meu único alento.

Após uma semana de espera, veio o sinal. Soube na Promotoria que a Yakuza tinha mostrado as garras novamente. Um garoto de quinze anos foi decapitado, e queimaram toda a sua família por causa de dívidas de drogas.

Em minhas pesquisas, descobri que a Yakuza contava com mais de cem mil membros espalhados pelo mundo. Por serem adeptos de um rígido código de conduta, mantinham obediência absoluta aos seus chefes. Era fácil identificá-los, pois cobriam o corpo com tatuagens e geralmente tinham os dedos das mãos amputados, como forma de punição por alguma falha.

Em Nova Esperança, os mafiosos da Yakuza eram tão descontrolados e sanguinários que foram proibidos de retornar para o Japão. Akyra Kodoma era o líder daquela escória. Ele começou vendendo revólveres de pequeno calibre para qualquer marginal que tivesse interesse. Posteriormente, passou a chefiar uma rede de tráfico de armas que transportava desde metralhadoras, escopetas e bazucas, até granadas para terroristas e países subdesenvolvidos em guerra.

Akyra gostava de ser chamado pelo título de "O Grande Dragão" e usava uma *katana* para decapitar os desafetos. O maluco se achava um samurai, e essa era a sua marca registrada.

Havia evidências mais que suficientes para iniciar uma investigação que culminasse com a prisão de Akyra e seus comparsas, mas ninguém tinha coragem para dar prosseguimento a um inquérito. Os que se atreviam a perguntar demais tiveram a família ameaçada. Além disso, as testemunhas morriam de maneiras bem estranhas. Houve uma que foi amarrada nos trilhos do metrô, e outra apareceu enforcada com um cabo de liquidificador.

Após analisar o sistema de dados da Promotoria e conversar com alguns informantes, consegui saber por onde deveria começar. Já diziam os generais romanos: *"Si vis pacem, para bellum"*, ou seja, "Se quer paz, prepare-se para a guerra". Eu não estava exatamente em uma missão de paz, e sabia que qualquer descuido significaria uma dolorosa morte.

Não demorou para que a noite encobrisse a cidade com o seu manto negro. Saí de casa e dirigi por uns trinta minutos até a mansão da Yakuza. Estacionei o carro, coloquei a mochila nas costas e subi pelas escadas externas até a cobertura de um edifício abandonado, ao lado da mansão.

A fortaleza possuía três andares, feitos principalmente de pedra e madeira, circundados por um muro com torres estrategicamente posicionadas para servirem como guaritas. O telhado era ornamentado com esculturas de dragões, tigres e carpas. O lugar era exótico e possuía uma inegável beleza, assemelhando-se a um castelo nipônico de séculos passados.

Observei durante horas e, com ajuda de um binóculo de visão noturna infravermelho, identifiquei a localização dos mafiosos. Dois faziam a ronda externa, e outros quatro ficavam nas torres ou andando pela mansão. Reconheci todos eles, pois participaram do extermínio do garoto de quinze anos e de sua família. Eram os *yakuzas* mais famosos da cidade, graças à longa lista de crimes hediondos que colecionavam impunemente.

Uma chuva fina havia começado, e passava da meia-noite quando assisti à chegada de Akyra, que desceu de uma limusine preta e adentrou o lugar.

Vesti o traje e conferi os equipamentos. Com a rua deserta, sorrateiramente me aproximei do segurança que ficava perto da entrada. Quando ele notou a minha presença, eu já estava em suas costas, com a lâmina pressionando o seu pescoço.

– Onde fica a central de energia?

– Não sei – ele disse.

– Não vou repetir a pergunta.

– Tu *tá* morto, cara! – ele ameaçou. – Sabe com quem *tá* mexendo?

– Vocês serão julgados pelos seus pecados. – Foi a minha resposta.

Eu o virei de frente para mim e apontei a lâmina para o seu olho direito, de modo que os cílios tocassem a ponta do aço. Nesse momento, raios cortavam o céu; o clarão de um relâmpago iluminou a máscara. O sujeito ficou aterrorizado, e não precisei insistir para que ele revelasse a informação. O medo costuma afrouxar até as línguas mais relutantes.

– Não me mate. – Ele ficou trêmulo, chegou a urinar nas calças e implorou: – Não me mate, não me ma...

Antes que a ladainha atraísse a atenção dos outros mafiosos, enfiei as lâminas em seu pescoço e rasguei a jugular. O homem tombou com os olhos vidrados. Naquele lugar, não havia inocentes que merecessem misericórdia. Eram todos culpados, maníacos assassinos, destinados ao pior lugar do inferno.

Corri até os fundos e encontrei outro mafioso, que parecia um urso polar de tão imenso. Conversava no celular sobre uma orgia que promoveria na sauna com os amigos e algumas garotas. Quando ele desligou o telefone, bastou que eu desse uma estocada precisa para perfurar sua nuca e dissolver os seus planos dentro de uma poça rubra. Com dificuldade, arrastei o corpo para dentro de uma moita e escalei o muro de pedras com a ajuda de uma corda.

Dentro da mansão, confirmei novamente a localização dos mafiosos restantes, denunciados pela visão térmica do binóculo. Sem tempo a perder, fui direto ao objetivo e cortei os cabos da central de energia. O imóvel ficou na mais absoluta escuridão.

– Que porra é essa? – gritou um deles.

– Fiquem alertas! – disse outro.

– Verifiquem a central! – ordenou Akyra, com um sotaque inconfundível. Ele resmungou algo em sua língua nativa que não pude compreender.

Com as armas em riste, os mafiosos ficaram em estado de alerta máximo, andando tensos de um lado para o outro. Logo foram acesas várias velas, que emitiam luzes bruxuleantes.

Obviamente me afastei da central de energia e fiquei à espreita, aguardando a oportunidade para eliminar quem se aproximasse. Quando um deles veio em minha direção, avancei pelas sombras e cravei as lâminas em seu peito, dando uma sequência de estocadas que lhe ceifaram a vida antes que pudesse gritar por ajuda.

Foi então que senti o cano de uma metralhadora encostar em minha cabeça. Quem apontava a arma era um sujeito atarracado de terno desengonçado, que aparentava estar totalmente confuso com a visão de um vulto esfaqueando o seu companheiro.

– Ajoelha, filho da puta! – ele ordenou.

Sem alternativa, cumpri a ordem e coloquei as mãos para cima em sinal de rendição. Eu havia sido descuidado; deveria ter verificado mais o ambiente antes de agir de maneira tão precipitada.

– O chefe vai ter maior o prazer em te torturar – disse o mafioso que me mantinha sob a mira.

– Depois que a gente souber quem é o infeliz por trás disso, *tu vai* virar comida de cachorro!

– Estou indo! Pegou ele? – perguntou outro na janela do andar de cima.

Quando o homem com a metralhadora se preparava para responder, aproveitei a chance e esquivei a cabeça para sair da linha de tiro. Ele reagiu disparando; a bala passou raspando pela minha orelha, com um estrondo ensurdecedor. Ele tentou mirar novamente, e então reagi de forma explosiva e passei a lâmina nos olhos dele.

Desesperado de dor, o *yakuza* cego gritava e atirava a esmo, tentando me acertar. O outro que vinha para ajudá-lo acabou sendo fatalmente alvejado por uma rajada no peito.

Assim que o barulho dos tiros foi substituído pelos cliques secos do gatilho, andei calmamente até o sujeito, que tinha os olhos rasgados e o rosto banhado de sangue. Ele apalpava o vazio, mas não parava de me xingar e ameaçar. Então, dei um fim ao seu sofrimento.

Samurai louco

A chuva tamborilava nas vidraças da mansão. Observando cada canto para que não fosse mais surpreendido, segui pelas escadas em direção aos andares superiores. Antes de enfrentar Akyra, eu ainda teria que passar por mais um segurança – que provavelmente seria o mais sagaz e estaria de tocaia esperando.

No segundo andar, percebi que alguns quartos seguiam o estilo oriental, com muito espaço e pouca decoração: tudo se resumia a uma esteira de bambu no chão, para o descanso, e quadros dos antepassados nas paredes. Outros cômodos possuíam características luxuosas e estravagantes, com aparelhos eletrônicos modernos, sofás de peles de animais, lustres de cristais e estátuas de prata ou ouro.

A escuridão e os incontáveis quartos causavam uma sensação de estar perdido dentro de um labirinto. Quando eu andava por um extenso corredor, abriu-se uma passagem secreta; e o último segurança surgiu, com uma pistola em cada mão. Ele correu em minha direção, berrando e atirando sem parar.

Os impactos das balas foram como socos esmagadores no estômago, me derrubando e arrancando o ar dos pulmões. A dor foi excruciante, e irradiou-se por todo o corpo. Senti o peso de cada pontada, mas o colete de kevlar impediu que eu fosse fatalmente ferido.

Fiquei imóvel, prendi o ar e fingi estar morto. Não satisfeito, o capanga se aproximou e chutou o meu pé, para verificar se eu esboçava reação, mas continuei inerte. Repentinamente, abri os olhos; e, antes que ele pudesse reagir, enfiei a lâmina em seu abdômen, rasgando-o com um corte em meia-lua. O sujeito largou as pistolas e, atônito, tentou em vão empurrar as vísceras de volta para o lugar.

Com os joelhos cambaleando, fiz um esforço para me levantar e recuperar o fôlego. Continuei subindo pelas escadas até o último andar. Durante o caminho, pensava em como conseguiria enfrentar Akyra, que provavelmente estaria armado até os dentes com pistolas, fuzis, granadas ou mesmo uma bazuca, o que me faria em pedaços.

As minhas chances eram ínfimas, mas eu já tinha ido longe demais e ultrapassado todos os limites. Não podia retroceder. Caso desistisse, nunca mais conseguiria tocar na Yakuza, que ficaria ainda mais violenta e descontrolada. Eles não imaginavam que alguém teria a audácia de atacá-los, muito menos um lobo solitário.

Ao chegar ao topo, me deparei com um único e gigantesco salão, onde colunas maciças de madeira sustentavam o telhado. Candelabros iluminavam o lugar com chamas de velas dançando ao sabor do vento, e o cheiro de incenso era inebriante. Estátuas de pedra representavam guerreiros samurais com espadas, arco e flecha, *kusarigama*, lanças e outras armas em diferentes posições de combate. No fim do salão e contemplando o ambiente, havia uma colossal estátua dourada de Buda, retratando o momento em que este alcançou o nirvana.

Contrariando as expectativas, não havia nenhuma arma de fogo. Somente uma espada repousava ao lado do chefe da Yakuza, que estava sentado em posição de lótus: com as pernas cruzadas, os pés sobre as coxas e a coluna reta, mergulhado em profunda meditação.

Ao perceber minha chegada, Akyra se levantou. Estava com o torso nu, exibindo uma montanha de músculos que pulsavam sob a cobertura de tatuagens de dragões. Mantinha o queixo erguido e o olhar compenetrado.

Ele aproximou-se com passos firmes e desembainhou a *katana*, que reluziu na chama das velas. Pude sentir sua presença intimidadora. Era um ser maligno, pronto para trazer morte e desgraça para essa terra.

– Cão covarde, tire essa máscara e mostre quem é! – vociferou Akyra.

– Eu sou a justiça, e vim cobrar o preço pelos seus pecados.

– Vou te cortar em pedaços e beber o seu sangue! – respondeu ele, avançando em minha direção.

Akyra desferiu um golpe transversal que teria me partido ao meio, se não tivesse esquivado para o lado. A espada acertou uma das estátuas samurais, arrancando uma grande lasca de pedra que se esfarelou ao tocar o solo.

Ele segurava o cabo da *katana* com as duas mãos, manejando-a com toda a força do corpo. Devido ao excesso de músculos, não era tão ágil nos movimentos; os golpes eram previsíveis, mas tinham um poder descomunal. Bastava um golpe certeiro para o meu fim. Caso não fosse atingido em uma parte vital, eu seria desmembrado e a luta estaria acabada do mesmo jeito.

Seguindo o ritmo de uma dança da morte, Akyra traçou um golpe horizontal possuído de fúria ainda maior. A minha única alternativa foi saltar para trás, mas a ponta da espada resvalou no colete e rasgou-o. Perdi o equilíbrio e caí de costas no chão; no entanto, consegui me levantar antes que o *yakuza* voltasse a atacar.

O tamanho da espada me obrigava a manter certa distância, dificultando a minha ação. Enquanto desviava das investidas, ouvia o barulho do vento rugindo ao ser cortado pela arma. O cansaço, somado à tensão dos músculos enrijecidos, fazia o meu corpo tremer. Eu lutava principalmente contra mim mesmo para não vacilar, não errar.

O samurai louco me observava fixamente, como um predador concentrado na presa. As órbitas dos seus olhos estavam flamejantes, as veias pulsavam e serpenteavam as pupilas escuras. Talvez estivesse sob o efeito de alguma droga ou estimulante que o deixava naquele estado animalesco.

Akyra exclamou um grito de guerra e voltou a atacar. Sem ter tempo de desviar, fiz uma cruz com as lâminas para aparar o golpe. Ainda me esforçava para não ser dilacerado pela espada, quando ele afastou a cabeça para trás e a impulsionou contra a minha. O cérebro chacoalhou dentro do meu crânio. Fiquei atordoado, e o *yakuza* gargalhou satisfeito.

Foi então que Azrael sussurrou em meus ouvidos:

– Você não vencerá com a força. A mente é o caminho.

Seguindo o conselho, tracei um plano e busquei a melhor posição.

– Você não tem honra para ser samurai – disse para provocá-lo.

Deixando-se levar pelas minhas palavras, Akyra correu com a espada levantada e a desceu em diagonal. Saltei para trás, e a lâmina ficou presa em uma das colunas de madeira.

Ele ainda tentava arrancá-la, quando reuni todas as forças que me restavam para desferir incessantes estocadas. Quando Akyra finalmente conseguiu tirar a espada, havia tantos buracos pelo seu corpo que o sangue jorrava.

O samurai louco caiu de joelhos.

Sentindo o poder da *katana* em minhas mãos, decapitei Akyra. Não porque ele fosse merecedor de uma morte honrosa ao estilo dos verdadeiros samurais, mas porque lhe era reservado o mesmo destino de suas vítimas, a fim de se cumprir fielmente a palavra divina em Deuteronômio 19:21: *"O teu olho não poupará: vida por vida, olho por olho, dente por dente, mão pôr mão, pé por pé".*

Eles realmente não esperavam ser atacados por um único homem. O que não sabiam é que eu não agira sozinho. Azrael estava comigo; a espada celestial de fogo brandia em meus braços e a vontade divina me acompanhava, protegendo cada um dos meus passos.

Lenda urbana

Mesmo com a energia desligada, algumas câmeras da base Yakuza conseguiram filmar a invasão. Um mês depois, as cenas do vulto mascarado atacando e matando os mafiosos continuavam a ser veiculadas incessantemente na televisão. As mídias e as redes sociais foram à loucura, e todos queriam dar a sua opinião. Não se falava em outra coisa na cidade.

– Para mim, ele é um herói! – falou uma dona de casa ao ser entrevistada.

– Estamos diante de um quadro clínico de esquizofrenia e transtorno dissociativo de personalidade – disse um médico psiquiatra.

– Esse maluco afrontou direitos fundamentais e a dignidade da pessoa humana – analisou um deputado. – Não podemos admitir que um anarquista faça justiça com as próprias mãos. Onde vamos parar?

– Quer dar beijinho e flor para bandido? – respondeu o político de oposição.

– O cara é o justiceiro que a gente precisava – comentou um jovem com o rosto cheio de piercings. – Nova Esperança *tá* uma guerra, ninguém pode mais andar de skate e fumar um baseado sem levar tiro de bala perdida.

– Isso é coisa do diabo, outro sinal do fim dos tempos! – anunciou uma beata. – Nosso Senhor Jesus Cristo está voltando, e os pecadores vão arder no fogo do inferno.

Devido aos exageros midiáticos e ao efeito manada das redes sociais, até mesmo as mortes de bandidos por acidentes de trânsito, tiroteio ou overdose passaram a ser atribuídas ao mascarado. Em pouco tempo a lenda tornou-se bem maior que a realidade, e a verdade não importava mais.

É claro que o mascarado não poderia estar fisicamente em todos os lugares para proteger os que precisavam; no entanto, o medo estava se apossando da mente dos bandidos. Por mais que a opinião pública estivesse dividida, era inegável que os índices de criminalidade e violência começavam a diminuir.

Várias instituições oficiais manifestaram repúdio às ações do justiceiro mascarado e condenaram toda e qualquer forma de violência. O fato é que tinham receio de perder os privilégios e regalias atrelados às suas funções públicas, e não suportavam qualquer situação que pudesse levar a população a questionar o sistema corrupto e ineficiente.

Apesar do turbilhão de acontecimentos, sempre que possível eu encontrava tempo para Diana. O nosso relacionamento se tornava cada vez mais intenso, e pude perceber que ela também se entregava mais.

Recordo de quando fomos a um restaurante na beira da praia. Com a exceção de um garçom bigodudo e simpático que nos atendia, o lugar estava praticamente vazio e as estrelas nos faziam companhia. A lua brilhava e parecia tocar o oceano. Saboreamos uma pescada ao molho de alcaparras e tomamos vinho branco. Depois ficamos em silêncio durante um bom tempo, trocando olhares e admirando o marulho das ondas. Ela ficou com os lábios entreabertos como se fosse falar, mas apenas sorriu e meneou levemente a cabeça.

– O que houve? – perguntei.

– Tenho achado você tão distante. – Ela passou a mão no cabelo.

– A Promotoria tem me consumido demais. Quanto mais eu trabalho, mais processos aparecem na minha mesa.

– Não bem é isso que quero dizer. Mesmo quando estamos juntos, parece que está com a cabeça em outro lugar.

– Desculpe, vou tentar mudar.

– O problema pode ser comigo – ela comentou pensativa. – Ando muito estressada por causa desse mascarado.

– Como assim?

– Todas as delegacias da cidade estão sendo pressionadas para encontrar e prender o cara. Disseram que ele deve ser detido, custe o que custar.

– Foi ordem do delegado geral? – questionei como se estivesse apenas sendo curioso.

– Não. Vem mais de cima. O prefeito, e até o governador, estão exigindo pessoalmente.

Lembrei de alguns casos que passaram pela Promotoria, com fortes indícios do envolvimento da Tríade em esquemas de corrupção com diferentes esferas do poder. As investigações acabavam sempre arquivadas. Se fossem adiante, poderiam implodir Nova Esperança. Não era improvável que o prefeito e o governador estivessem atolados nesse infindável mar de lama.

– E você? O que acha desse mascarado? – perguntei.

– Acho que as leis devem ser respeitadas.

– E quando elas não funcionam?

– Sem as leis, não passamos de animais selvagens. Sei que esses mafiosos são açougueiros de gente, mas ninguém tem o direito de ser o acusador, juiz e carrasco dos outros – Diana respondeu sem vacilar, e questionou: – Você não pensa o mesmo?

– Claro, concordo – respondi, me sentindo mal pela mentira descarada.

Não estava apenas negando uma opinião; eu mentia sobre algo que se relacionava com a essência mais profunda do meu ser. Eu queria dizer a verdade. Explicar que, em certas situações extremas, a lei se torna inadequada; e para compensar a incompetência do Estado, é necessário agir fora da lei e perseguir a justiça natural.

Não queria somente desabafar, mas expor que ainda havia dentro de mim um garoto atormentado pela imagem da mãe morta. Queria mostrar que Azrael poderia fazer a diferença dentro de uma sociedade decadente, para que outros não sofressem o que sofri. Não era vingança; isso seria um motivo indigno. Tratava-se de fazer justiça.

Pelo receio de perdê-la, acabei não revelando nada. Diana era o meu único oásis em meio à aridez da vida.

Nesse dia, percebi que deveria ter ainda mais cautela para que não descobrissem minha verdadeira identidade. Se eu fosse desmascarado, as pessoas que amo estariam em perigo. Antigamente isso não era um problema, pois eu não tinha ninguém. No entanto, depois de Diana, as coisas mudaram.

Não havia tempo a perder: quanto mais rápido executasse a missão sagrada, menores seriam as chances de ser descoberto. A máfia russa era o próximo alvo da lista. A Tríade estava alerta, e eu teria que adotar uma tática diferente para atingi--los. Todos possuem vícios e fraquezas; bastava descobrir quais eram os deles.

Tráfico humano

A máfia russa traficava mulheres e as transformava em escravas da prostituição. Tudo começava com o sequestro de adolescentes com idade entre treze e dezessete anos, de preferência virgens. Como se fossem objetos, essas garotas eram vendidas pelo maior lance em leilões. Depois, eram viciadas em cocaína e heroína.

As falsas promessas de empregos bem remunerados como modelos e uma vida cercada de *glamour* era a forma mais comum de atrair as jovens. Quando se deparavam com a realidade, era tarde demais. As que não morriam de overdose eram vítimas de agressões, até que fossem descartadas nas ruas como lixo.

O tráfico de mulheres é mais lucrativo que o de narcóticos. Um pacote de cocaína pode ser consumido somente uma vez; por outro lado, uma pessoa vendida pode ser usada repetidamente.

A base dos russos ficava no Eros Clube, o maior e mais luxuoso prostíbulo de Nova Esperança. Era ali que as garotas de programa satisfaziam as vontades mais depravadas dos seus clientes. Um ataque direto poderia colocar em risco a vida delas. E isso eu não poderia admitir, pois a orientação de Azrael era clara: *"Somente os culpados mereciam morrer!"*.

A única solução seria eliminar o líder da máfia russa, Vladimir Kasparov, de maneira precisa e discreta. Mas como fazer isso em um local cercado de seguranças armados e cheio de pessoas inocentes?

Uma ideia surgiu em minha mente; mas, para executá-la, eu necessitava de uma substância muito específica.

No porto da cidade se conseguia qualquer coisa, desde que fosse pago o preço necessário. Às cinco da tarde de uma sexta-feira, fui encontrar um fornecedor perto das docas. Navios cargueiros estavam atracando, e o som ensurdecedor dos apitos assustavam as gaivotas que voavam grasnando para longe.

Fiquei durante algum tempo acompanhando o movimento dos barcos de pesca, que subiam e desciam com o lento movimento das ondas. Não sabia exatamente como era a aparência do vendedor, mas identifiquei-o pela maneira desconfiada com que agia. Com as mãos dentro dos bolsos do casaco marrom e batendo nervosamente um dos pés, ele virava a cabeça para todas as direções para saber se alguém o seguia. Assim como eu, ele usava chapéu e óculos escuros para que não fosse facilmente reconhecido.

– Trouxe o combinado? – perguntei.

– Sim.

– Aqui tem o dobro do que pediu. – Entreguei o pacote de dinheiro. – A gorjeta é para não falar sobre isso com ninguém.

– Vou manter o bico fechado. Nem sei para que serve essa porcaria – ele respondeu entregando o pequeno frasco de vidro, e foi embora tão desconfiado como chegou.

Em sua ignorância, o sujeito não sabia que estava vendendo cianeto – um veneno com perfume de amêndoas, que mata uma pessoa entre dois e cinco minutos, dependendo da dose administrada. A substância impede que as células sanguíneas transportem oxigênio pelo corpo e causa asfixia, seguida de parada cardíaca.

Pílulas de cianeto foram utilizadas no passado pelo alto escalão nazista – inclusive por Hitler, que preferiu o suicídio a reconhecer a derrota e se entregar ao exército dos Aliados. Além da inquestionável eficiência do veneno, havia uma espécie de justiça poética em conceder a um dos líderes da Tríade o mesmo destino que foi reservado aos nazistas, escória da humanidade.

Alguns dias depois, abordei um pequeno cafetão e ameacei deixá-lo atrás das grades pelo resto da vida, se ele não falasse o que eu precisava saber. Foi assim que descobri que Vladimir Kasparov comparecia ao Eros Clube todos os sábados, para assistir aos shows de *striptease* e os leilões das novatas. Ele gostava de confraternizar com os "investidores", que se divertiam comprando vidas humanas e destruindo inocências.

A única maneira que encontrei para entrar, sem o risco de ser reconhecido, foi utilizando um disfarce. Por isso, vesti uniforme de garçom, coloquei peruca e até um bigode que me deixou ridículo, mas cumpriu a sua finalidade. Pela minha experiência, os frequentadores do clube eram do tipo de gente rica e poderosa que não costumava dar o mínimo de atenção aos que lhes serviam.

Às onze horas da noite, entrei pela porta de serviço do Eros Clube. Os funcionários trabalhavam tão concentrados em cumprir suas tarefas que não repararam no garçom novo. Fiquei um pouco desajeitado no começo, mas logo me ambientei; peguei uma bandeja de drinques e fui sondar o ambiente, à procura de Vladimir.

O salão principal estava lotado. No teto, canhões de luzes vermelhas e azuis disparavam flashes intermitentes, que cortavam a penumbra e atravessavam a fina cortina de fumaça deixada pelos cigarros e charutos. As paredes vibravam com o som exageradamente alto. As batidas da música *tecno* pareciam estacas sendo marteladas em meus ouvidos.

Em mesas redondas espalhadas pelo salão, avistei carreiras de cocaína, pedras de *crack*, pílulas de *ecstasy* e outras drogas, que eram consumidas junto com bebidas. Homens bem-vestidos gargalhavam até ficar sem ar. Quase todos eram figuras públicas conhecidas: tinham família, filhos e uma boa reputação, construída à custa de muitas mentiras. Enfim, no meio social, eram chamados de "pessoas de bem".

Enquanto caminhava segurando a bandeja de bebidas, passei por inúmeras garotas que desfilavam com os seios à mostra ou completamente nuas, para que fossem apreciadas como produtos à venda na vitrine de uma loja. Havia louras, morenas, ruivas e negras. Vinham da Europa, Ásia, África e América do Sul. Todas eram lindas e sorridentes; mas bastava um olhar mais apurado para perceber que o sorriso era forçado, e que elas estavam anestesiadas pelas drogas.

– Ei, garçom! Até que você é bonitinho, quer dar uma trepada? – Surpreendeu-me uma garota de cabelos dourados, que não devia ter mais do que dezesseis anos. Ela cambaleava e mal conseguia ficar de pé. Tinha olhos profundamente azuis e vazios, que transmitiam uma sensação de melancolia e carência sem fim.

– Não tenho dinheiro – respondi rispidamente, para me livrar dela e não chamar atenção.

– Para de ser otário, só quero gozar! Essas múmias de pau mole não duram nem cinco minutos. Me chamo Natasha, e você?

– Estou trabalhando, acho melhor... – Antes que conseguisse terminar o que ia dizer, um tapa acertou em cheio o rosto da garota, que caiu por cima das mesas.

– Larga de conversinha, vagabunda. Tempo é dinheiro! – gritou um sujeito albino, com mais de dois metros de altura. Era um dos capangas de Vladimir, que cuidava da segurança do clube e fiscalizava o "serviço" das garotas. Ele colocou a mão no meu peito, me empurrando e vociferando: – Circula, palhaço! O sr. Vladimir quer mais bebidas no camarote.

Em seguida, o boçal agarrou os cabelos de Natasha e a arrastou pelo chão. A garota se debatia e chorava em desespero.

– O que está esperando? – Azrael sussurrou para mim. – Corta a garganta do desgraçado!

– Não posso, está cheio de gente – respondi.

– Seu covarde! Vai deixar que machuquem a menina?

– Se eu reagir, vou perder o alvo e serei descoberto. Se matar Vladimir, vou salvar centenas, talvez milhares de garotas – argumentei.

– Então siga o plano, e vamos acabar com esse maldito! – ele concordou.

Os olhos azuis e chorosos da garota já estavam distantes quando ela foi jogada pelo brutamontes para dentro de um quarto qualquer. Voltei para a cozinha, me remoendo pelo sofrimento de Natasha e com muito mais ódio de Vladimir.

Néctar divino

Garçons equilibrando bandejas prateadas entravam suados e esbaforidos na cozinha para atender ao público impaciente que os aguardava. Em seguida, saíam levando pratos de camarões, lagostas, caviar e filés da melhor qualidade. Em relação às bebidas, as mais requisitadas eram uísque, vodca, vinho do porto e champagne.

Olhei para o relógio pendurado na parede suja e engordurada por restos de comida. Os ponteiros marcavam uma hora da madrugada. O *chef* de cozinha, um gordinho sisudo e de bigode comprido, estava concentrado na preparação dos pratos, como um curador de obras de arte a serem expostas em algum museu.

– Com licença, qual a bebida preferida do sr. Vladimir? – perguntei.

Sem desviar a atenção do trabalho, ele abriu a gaveta em cima do fogão, retirou uma chave e colocou-a sobre a mesa.

– Pegue ali. – disse ele, apontando para uma cristaleira toda ornamentada.

Abri a cristaleira e me deparei com uma única bebida. Tratava-se da vodca Russo-Baltique. A garrafa era feita de ouro puro, e a tampa era adornada com uma escultura da águia imperial russa, confeccionada em diamantes. Eu nunca tinha visto uma garrafa dessas pessoalmente, somente em revistas de artigo de luxo.

– Essa garrafa vale mais de um milhão de dólares – avisou o *chef* de cozinha. – Cuide bem dela, se não quiser que te fritem em óleo quente!

Peguei uma grande taça, servi generosa dose da vodca e devolvi a garrafa ao seu local de origem. Aproveitei que ninguém estava reparando, e rapidamente verti o cianeto dentro da bebida transparente. Não foi uma quantidade nada exagerada; apenas o suficiente para matar um cavalo.

Retornei ao salão principal, e segui desviando dos bêbados até chegar à porta do camarote. Verifiquei o meu disfarce, respirei fundo e entrei. O lugar estava ainda mais mergulhado na penumbra que o salão principal; a música era ainda mais ensurdecedora, e o odor da fumaça de nicotina misturava-se com o cheiro marcante de suor e sexo.

Homens e mulheres se movimentavam descontroladamente, impulsionados por um prazer primitivo e pelo efeito das drogas que domavam os corpos nus. O ápice de uma orgia macabra: é a descrição mais precisa que posso fazer daquela visão.

Alguns usavam roupas de couro, algemas, chicotes e outros apetrechos sadomasoquistas. Foi cômico assistir a um sujeito rolando no chão com a língua de fora, imitando cachorro e sendo puxado pela coleira por uma bela dominadora ruiva, que o sodomizava.

Como se fosse o rei louco daquele pandemônio, Vladimir Kasparov estava somente de cueca, sentado no meio do camarote, em um trono feito de ouro. Ao redor dele, havia muitos soldados armados.

O chefe russo mantinha o rosto afundado em uma montanha de cocaína, colocada sobre a mesa também de ouro. O reconheci pelas tatuagens tribais na careca, que desciam pelo pescoço grosso e cheio de pregas. Ao erguer a cabeça, Vladimir arreganhou os dentes pontiagudos e amarelados, formando um sorriso disforme na boca suja de pó branco.

Com passos firmes e sem olhar para os lados, fui até ele e servi a taça.

– Que merda é essa? – ele perguntou com os olhos fixos em mim, e a boca ainda aberta pelo sorriso diabólico.

– É a vodca Russo-Baltique, senhor!

– Isso não é vodca, imbecil! – ele gritou.

– Senhor, essa é a sua...

– Isso é ambrosia, o néctar divino, que somente os deuses de verdade merecem beber! – Vladimir sorveu rapidamente o merecido néctar.

Afastei-me dele, mas ainda precisava ter a certeza de que o plano tinha dado certo. Por isso, permaneci no camarote, fingindo que atendia alguns dos outros presentes. O cianeto agiria em poucos minutos. Todos pensariam que fora uma overdose, e eu teria tempo suficiente para fugir.

Enquanto eu retirava os copos vazios das mesas para ganhar tempo, um dos capangas de Vladimir veio até mim e disse:

– Te conheço. Vai terminar o serviço ou não vai?

– De onde? – perguntei, tentando manter a calma. – Que serviço?

– Vai dar uma de desentendido? – retrucou o sujeito.

– Acho que está me confundindo com outra pessoa – respondi, com o rosto voltado para as mesas que limpava.

– Não é o encanador que foi na casa da minha avó e arrebentou a pia da cozinha? – ele questionou sem paciência.

– Nunca trabalhei com isso. A minha mulher vive reclamando que não sei desentupir nem um cano – respondi com um sorriso.

– A velha está mais rabugenta do que nunca e não para de encher a minha paciência por causa daquela porcaria...

O segurança parou de resmungar seus problemas familiares, pois o ambiente fora tomado pelos gritos histéricos e pela correria das garotas nuas.

Os efeitos do veneno haviam começado. O camarote ficou repleto de homens armados. Eles estavam completamente perdidos, sem saber o que fazer com Vladimir – que se debatia freneticamente por causa das contrações musculares.

O chefe da máfia russa ainda lutou para tentar dizer as últimas palavras, mas o que se ouviu foram apenas grunhidos de dor. Ele desabou no chão e começou a espumar pela boca. O seu rosto se contorcia em caretas pavorosos, promovendo um espetáculo degradante.

Eu exultava, pois sabia que Vladimir permanecia consciente enquanto o cianeto circulava em sua corrente sanguínea. Ele sentiria os espasmos de cada músculo do corpo, até que o sangue não chegasse mais ao cérebro e o coração parasse de bater. Assisti pacificamente, enquanto aquela alma maléfica e imunda abandonava sua casca exterior de argila.

O som foi desligado, as luzes foram acesas e a porta principal foi trancada pelos russos, que queriam revistar cada um dos presentes para descobrir quem poderia estar envolvido com a morte de Vladimir. As pessoas se amontoaram querendo sair, e alguns mais exaltados acabaram recebendo socos e coronhadas como resposta. O caos se instalou no Eros Clube.

Fui andando calmamente até a cozinha. Os seguranças chutaram a porta e entraram com as armas em riste, apontando para os funcionários e ordenando que ficassem em fila para se juntarem aos outros no salão principal.

– Ei, você! *Tá* surdo? – gritou um deles para mim. – Faz o que a gente *tá* mandando, se não quiser levar fogo.

Segui a ordem e fui até o fim da fila, mantendo a cabeça baixa. Um jovem garçom perdeu o controle, ficou apavorado e começou a chorar, dizendo que não tinha feito nada e que não queria morrer. Os outros funcionários se uniram ao rapaz e formaram um tumulto, que chamou a atenção dos seguranças.

Aproveitei a confusão generalizada e me joguei pela portinhola de serviço. Em meio ao alvoroço, ninguém percebeu a minha saída. Corri o máximo que pude, até não sentir mais as pernas.

Quando fui perceber, estava a várias quadras de distância do Eros Clube, tentando recuperar o fôlego. Fui parar no meio de uma rua apinhada de gente, que se divertia loucamente sob a luz da lua cheia.

Irmão de armas

Devido às estranhas circunstâncias da morte de Vladimir Kasparov, muitos começaram a atribuir poderes místicos ao misterioso caçador de mafiosos. E graças ao sensacionalismo com que as notícias eram transmitidas, as lendas urbanas não paravam de se multiplicar.

Andando pelas ruas, ouvi de um empolgado vendedor de cachorro-quente que o mascarado ficava invisível e se movia pelas sombras. Em outra ocasião, me segurei para não rir de um gerente de banco que afirmava que o justiceiro tinha a capacidade de voar e de soltar raios pelas mãos. Os mais exaltados chegavam a atribuir a ele o poder de sugar almas. Para as imaginações férteis, não existem limites lógicos.

A Tríade era como Cérbero, o mitológico cão de três cabeças que protege o reino do inferno. Duas das cabeças do monstro já haviam sido eliminadas, mas ainda faltava a derradeira. Depois do crime organizado japonês e da máfia russa, era a vez dos italianos.

O grupo italiano da Tríade era responsável pelo tráfico internacional de drogas, ou seja, viciar pessoas e destruir famílias inteiras por todo o mundo. Dentro do Ministério Público, cansei de me deparar com casos de jovens viciados que acabaram de maneira trágica. Eram assediados na porta das escolas pelos traficantes ou se deixavam levar pelas más influências de amigos, que lhes ofereciam os narcóticos como fonte de diversão ou solução fácil para os problemas.

Nos anos 1990, os mafiosos italianos agiam de maneira diferente. Jamais vendiam drogas para crianças e seguiam a *Omertà*, um rígido código de conduta ética do submundo, que previa até mesmo a expulsão de um membro que traísse a esposa. A lógica era de que o homem que trai a mulher com quem dorme poderia fazer isso com qualquer um; portanto, não era digno de confiança. No entanto, os frouxos de hoje em dia eram capazes de matar a esposa por pura diversão.

A máfia italiana se diferenciava das outras, por ser responsável pela administração da maior parte das reservas financeiras da Tríade. Lógico que era arriscado demais manter guardados milhões de dólares vindos do tráfico de armas, mulheres e drogas em bancos oficiais; por isso, esse dinheiro era armazenado em outro lugar.

Quem se deparasse com Lucas Banini Salvatore, sujeito de um metro e meio, roliço, com grandes bochechas e sempre sorridente, jamais imaginaria que era ele quem comandava as operações de drogas. Salvatore usava bengala para compensar o andar manco que adquiriu após ser baleado em uma guerra de gangues quando ainda era criança. Por trás da aparência frágil, havia um homem extremamente perigoso e maquiavélico.

Por vários dias, fiquei pensando na melhor forma de atacar. Azrael se manteve em silêncio e não trouxe nenhuma ideia. No entanto, acabei encontrando a solução para eliminar Lucas Salvatore e ao mesmo tempo destruir a maior fábrica de drogas da cidade. Para conseguir isso, precisaria da ajuda de um velho conhecido.

Carlos e eu éramos amigos e irmãos de armas no Exército. Conseguíamos ficar sempre em posição de destaque no batalhão. Por causa disso, o alto comando nos premiava com algumas noites de folga, quando aproveitávamos para encher a cara de cerveja e disputar quem realizava as cantadas mais bregas. Fazíamos tanto papel de ridículo que terminávamos conquistando o sorriso das garotas.

Assim que saí das Forças Armadas, Carlos reencontrou uma antiga namorada da época da escola, com quem acabou se casando. Eu fui um dos padrinhos deles. Tiveram uma filha, e estavam felizes como nunca. Tudo ia bem, até o dia em que ele participou de uma operação na fronteira contra a Tríade e acabou sendo atingido pelos estilhaços de uma bomba caseira.

Carlos perdeu a visão do olho direito, ficou com várias cicatrizes no rosto e foi aposentado por invalidez. Com sua nova aparência de Frankenstein e o temperamento instável que desenvolveu, o casamento não resistiu. A esposa foi embora com a filha, e ele se isolou do mundo.

Fui até a casa dele, que era vizinha ao cemitério da cidade. De longe, avistei as magníficas esculturas em homenagem aos falecidos ali enterrados. Estacionei o carro diante da necrópole. No portão de entrada, havia duas inscrições:

"*Respice post te. Hominem te esse memento. Memento mori!*"[1]

"*O que você é agora,
Nós também já fomos,
O que nós somos agora,
Um dia você também será.*"

Com essas palavras martelando a cabeça, fui caminhando pela calçada até a casa de Carlos. Diferente do que eu tinha conhecido antes, o lugar estava entregue ao completo abandono. Pelas frestas da grade enferrujada e torta, pude ver o quintal. O que antes fora um jardim vistoso e florido, agora não passava de mato com plantas mortas.

---

[1] "Olhe para trás. Lembre-se de que você é mortal. Lembre-se de que você deve morrer!"

Algumas janelas estavam com os vidros quebrados, e o telhado parecia prestes a desabar a qualquer instante.

A campainha não funcionou; bati palmas e chamei por Carlos, mas não houve resposta. Não avistei ninguém por perto para informar se ele ainda morava ali. O sol estava a pino, e as gotas de suor escorriam pela minha testa por causa do calor escaldante. Pensei em ir embora e voltar em outra ocasião; mas eis que surgiu um vulto usando boné, bermuda e camiseta militar surrada.

– Ora, ora. Não é todo dia que recebo a visita de um famoso! – Era Carlos, que reconheci de longe pelo som da voz. Com passos ágeis, ele se aproximou e abriu o cadeado do portão. – Veio levar esse velho soldado a julgamento?

– Há quanto tempo! Tentei ligar várias vezes, mas você nunca atende – disse.

– Umas das poucas alegrias que ainda tenho é a de ficar quieto no meu canto – ele falou, deixando escorrer baba pela boca.

Passamos pelo quintal e adentramos a casa, que estava com o interior ainda mais desolador que o lado de fora. Enquanto Carlos foi servir uma dose de conhaque, fiquei esperando no sofá, que tinha cheiro de vômito e mijo de cachorro. Ele me deu uma caneca amassada cheia de bebida e sentou-se.

– Como estão as coisas? – ele perguntou. – Ainda um solteirão convicto?

– Na verdade, conheci uma garota e estamos namorando.

– Qual é o nome da corajosa?

– Diana. Sei que ainda é cedo para dizer, mas acho que é a mulher certa para mim.

– Milagres acontecem. Não pensei que viveria para ouvir você falar assim. Vou estar na primeira fila desse casório. – Carlos forçou um sorriso torto.

– E a Verônica, como está?

– Desde que ela foi embora, pouco nos falamos. Quando eu ligo, ela se limita a responder "sim" ou "não" e desliga o mais rápido possível. Até parece que sou um monstro, e que sou culpado pelas desgraças que aconteceram. O pior de tudo é não poder estar perto da minha filha.

– Lamento ouvir isso.

– É a vida. Um dia estamos por cima, e no outro o mundo desaba. – Ele levantou a caneca como se amaldiçoasse os céus. – Vamos deixar essa conversa de lado. Você não é psicólogo, e eu prefiro um bom conhaque para resolver os problemas. É bem mais útil que ficar falando com esses charlatões que pensam saber de tudo.

– Estou precisando de ajuda – disse sem rodeios.

– O que quer?

– Fale com os seus contatos. Eu preciso de explosivos C-4.

– Minha nossa! – Ele deu um assobio. – Onde vai ser a festa?

– É melhor você não saber – respondi e tomei um gole do conhaque, que tinha gosto de barro azedo.

– Qual é, cara? Passamos por muita coisa juntos. Se não puder confiar em mim, vai confiar em quem?

Refleti um pouco, e concluí que tinha razão. Além disso, se ele não pudesse ajudar, também não iria atrapalhar. Assim, acabei revelando o plano contra a Tríade. Carlos os odiava tanto quanto eu; por causa deles, ele tinha perdido a esposa e a filha.

– Consigo os explosivos, mas com uma condição – ele disse.

– Qual?

– Vou junto, não posso perder essa festa. – Ele usou a camisa para limpar a baba misturada com conhaque. – Quero acabar com esses bastardos. E nem tente me convencer do contrário.

– Combinado. – Aceitei o acordo, influenciado pela chama que vi reacender nos olhos de Carlos.

– Antes que vá embora, deixa te mostrar a minha belezinha. – Ele colocou a caneca sobre a mesa, levantou-se com um jeito maroto e abriu a porta que dava para os fundos da casa.

Segui Carlos e me deparei com um monte de ferramentas sujas de graxa, pneus e peças de carros. Ele puxou uma grande capa plástica cinza e revelou a sua "belezinha".

Era um Maverick todo preto. O carro estava com a pintura intacta e brilhava como um diamante negro exposto aos raios de sol.

– Esse modelo é de 1979, tem motor de oito cilindros e foi um dos últimos a serem fabricados. Quando comprei, estava meio surrado, mas tenho cuidado dele com carinho durante o tempo livre.

Carlos entrou no automóvel e deu a partida. O ronco possante foi como o anúncio das trombetas do Apocalipse e assustou até os pássaros, que saíram em revoada.

– Nada como um pouco de ação para me sentir vivo outra vez! – ele gritou em meio ao barulho do motor.

Sol caído

Em menos de uma semana, Carlos conseguiu o C-4. A grande vantagem desse tipo de explosivo é ser facilmente moldado em qualquer formato, podendo ser adaptado para brechas e fendas de construções. Além disso, é muito estável e suporta choques físicos, inclusive o impacto de munições, o que minimizava os riscos de uma explosão acidental.

Por volta das sete horas da noite, fomos para perto da saída da cidade, onde ficava o grande galpão utilizado pelos italianos para a fabricação de toneladas de anfetamina, cocaína e heroína.

Carlos insistiu para irmos no Ford Maverick. O vidro fumê e a placa fria eram úteis para não sermos reconhecidos. O motor V8 também poderia ajudar no caso de fuga. Ficamos dentro do carro, a uma distância segura. O meu parceiro se entupia de rosquinhas com café, enquanto eu observava a movimentação com os binóculos.

Os delinquentes que produziam as drogas já tinham ido embora para as suas casas. Restou apenas uma corja de matadores, formada por cerca de vinte brutamontes que faziam a segurança local. Eles usavam ternos risca-de-giz, gravatas espalhafatosas e chapéus, como os gângsters dos anos 1940.

Duas horas depois, um Porsche amarelo passou levantando poeira e estacionou perto da entrada da fábrica. Lucas Salvatore desceu e coxeou com a ajuda da bengala, até chegar à porta do galpão.

Com Salvatore dentro da fábrica, tiramos as nossas coisas da mala do carro e começamos a nos preparar. Eu vesti o traje com colete e a máscara, depois acoplei as lâminas. Carlos arregalou os olhos e esboçou uma careta, expressando um misto de espanto e surpresa.

Ele usava apenas um colete militar e um boné, sem se preocupar em esconder a identidade e o rosto marcado pelas cicatrizes. Carregava uma metralhadora M60 com duas cintas de cem munições. Nada mais do que o esperado: Carlos sempre foi empolgado com artilharia pesada.

O plano era que ele disparasse contra a frente da fábrica de drogas, para chamar a atenção dos inimigos – que ficariam sob o fogo de supressão, sem saber quem estava atacando, quantos éramos e de onde vinham as balas. Isso daria tempo para que eu armasse os explosivos nos fundos do galpão. Em seguida, era só acionar as bombas e, quando tudo fosse pelos ares, nós fugiríamos.

Para que desse certo, era necessário que agíssemos de forma perfeitamente coordenada – o que não era um problema para nós, pois tínhamos treinado esse tipo de manobra milhares de vezes no Exército. Carlos aparentava estar tranquilo e ostentava a metralhadora com a mesma alegria de uma criança que segura um brinquedo novo pela primeira vez.

Eu estava estranhamente tenso e queria cumprir logo a missão. Depois, poderia finalmente seguir a vida, quem sabe viajar com Diana para algum paraíso perdido. Uma ventania uivou em meus ouvidos, alertando para que deixasse as fantasias de lado e voltasse a dar atenção à execução do plano.

– Falcão Dois, está na escuta? – perguntei pelo comunicador, depois de me posicionar.

– Sim, Falcão Um!

– Permaneça na cobertura e se prepare para...

– Quero ver a cara desses carcamanos quando o inferno cair nas suas cabeças! – Carlos berrou, antes que eu pudesse terminar de repassar o plano.

Imediatamente, a metralhadora M60 começou a rugir e a cuspir fogo como um dragão enfurecido. Incontáveis projéteis incandescentes riscaram a penumbra e voaram em direção ao portão da fábrica de drogas. Muitos mafiosos não tiveram tempo de reagir ou sequer entender o que estava se passando, e caíram mortos ao serem traspassados pelas balas; outros buscaram proteção e tentaram revidar com disparos.

O Porsche amarelo virou um queijo suíço com os buracos na carroceria. Carlos mirou no tanque de combustível do automóvel, causando uma explosão que jogou pedaços da lataria para todos os lados.

Não consegui avistar Lucas Salvatore, mas presumi que aquele rato estava escondido e tremendo de medo, enquanto o seu brinquedinho de milhões de dólares era transformado em uma massa contorcida de ferro.

Com o caos instaurado nas linhas inimigas, corri para acoplar os dispositivos C-4. Não precisei de mais do que cinco minutos para inserir os detonadores e posicionar os explosivos. Rapidamente me afastei e usei os binóculos para confirmar a localização de Carlos.

Para a minha surpresa e contrariando o plano, ele avançava rumo ao portão principal da fábrica; não se protegia atrás de qualquer cobertura e aparentava gargalhar, como se estivesse realmente em uma festa. A metralhadora não parava de atirar nem por um segundo. Carlos queria acertar o maior número de mafiosos a qualquer custo, pouco importando se seria alvejado.

– Falcão Dois, o que pensa que está fazendo? As bombas estão posicionadas. Recue para bater em retirada, imediatamente!

– A explosão pode não acertar todos eles. Aciona as bombas e vaza!

– Droga, droga! Que merda! Não foi isso que combinamos. Estou ordenando, soldado: recuar para bater em retirada!

– Relaxa, vou estraçalhar esses caras. Não pude viver como queria, deixa eu morrer do meu jeito!

Esforçando-se para estabilizar a pesada M60 que saltava em seus braços, Carlos fuzilava os que tentavam fugir da fábrica. Em meio ao amontoado de corpos ensanguentados e cravejados de balas, dezenas de capangas atiravam contra o soldado solitário.

Ofegante, segurei com firmeza o detonador e pensei em alguma maneira de salvar o meu amigo. Não conseguia encontrar nenhuma solução. Desejei que Azrael falasse comigo para me dar qualquer ideia, mas o silêncio foi retumbante.

Não demorou para que Carlos fosse alvejado no tronco e nas pernas. No entanto, mesmo ferido e caído, ele continuava atirando. Os italianos saíram de seus esconderijos e foram em direção a ele, para executá-lo.

– Estou acabado, aperta logo esse botão! – disse Carlos, arfando as suas últimas palavras. – Adeus, irmão!

Indiferente ao que poderia acontecer comigo, corri para tentar resgatá-lo. No entanto, depois de percorrer alguns metros, avistei o clarão de um tiro fatal que o alvejou na cabeça. Nada mais podia ser feito para salvá-lo.

– Adeus, irmão! – assim me despedi do meu amigo e acionei o detonador.

Uma grande bola de fogo subiu aos céus, dominando o firmamento e clareando a escuridão. Era como se o sol tivesse caído sobre Nova Esperança. Senti o chão tremer, sacudindo o meu corpo. A onda de choque varreu o que estava ao redor, lançando destroços para todas as direções. Em seguida, uma densa nuvem de poeira ficou pairando pelo ar.

O raio da explosão foi bem maior do que o esperado. Provavelmente, o efeito das bombas foi potencializado pelos botijões de gás e materiais químicos utilizados na fabricação das drogas.

Levantei com dificuldade para enxergar e respirar. Os tímpanos estavam doloridos por conta do estrondo. Apalpei o corpo para me certificar de que não tinha sido atingido por algum estilhaço.

No chão, pedaços de corpos queimados exalavam um forte odor. Mesmo com a máscara, a fumaça preta invadia as minhas narinas e fazia os olhos arderem. Tossindo muito, caminhei com dificuldade até Carlos. O mínimo que ele merecia era um enterro digno.

Chegando ao local, me deparei com o seu corpo completamente consumido pelas chamas, transformado em um torrão carbonizado. Do jeito que estava, nem a perícia conseguiria identificá-lo. Mal dava para acreditar que aquele carvão que se despedaçava eram os restos mortais de um homem.

Fiz o sinal da cruz, ajoelhei e rezei uma pequena oração que os soldados aprendiam no Exército:

> *"Senhor, quando eu me juntar a uma luta mortal e os terrores da batalha me desafiarem, eu oferecerei a minha alma e minha vida ao Teu cuidado, ó Todo-Poderoso.*
>
> *E quando a morte sombria envolta em coroas de fumaça vier trovejando, nenhum medo poderá atingir o coração do soldado que confia em Ti."*

Assim que terminei a prece, ouvi ao longe as sirenes que se aproximavam. A polícia e os bombeiros chegariam a qualquer momento; não havia mais tempo para rezar ou lamentar. Entrei no Maverick e dirigi pegando atalhos para evitar as avenidas principais, até chegar à casa de Carlos. Então, guardei na garagem a sua preciosa joia.

Naquela noite, pensei que a Tríade estava acabada. Os mafiosos italianos que não haviam sido mortos pela mira de Carlos sucumbiram à explosão. Finalmente, a missão tinha sido concluída.

Pelo menos, era isso que eu imaginava...

Discurso de político

A morte de Carlos foi algo que me entristeceu demais. Fui invadido pela sensação de culpa e arrependimento por ter aceitado que ele fosse comigo. O único consolo era saber que o meu amigo lutou pelo que acreditava, e morreu como um verdadeiro soldado.

Passados cinco dias da explosão da fábrica de drogas, acabei descobrindo que Lucas Salvatore conseguiu escapar de alguma maneira do ataque e estava na Sicília. Aquele verme deve ter fugido pela porta dos fundos quando me afastei para detonar as bombas.

O risco era que Salvatore, mesmo à distância, utilizasse o dinheiro da Tríade para refazer o seu império. Agora, ele não teria mais a concorrência dos outros chefões. Estava com o caminho livre para dominar o submundo e se tornar o senhor absoluto do crime organizado.

Para piorar a situação, o prefeito pronunciou-se em todos os canais de televisão, anunciando que a minha cabeça estava a prêmio.

Um aviso: se você já não tem mais paciência para aturar o monte de mentiras que são cotidianamente vomitadas por políticos, nem precisa se dar ao trabalho de ler o discurso abaixo. Se, apesar da recomendação, ainda estiver curioso, seguem as palavras do prefeito, que, se bem me lembro, foram as seguintes:

> "Cidadãos de Nova Esperança, venho até vocês para manifestar o meu total repúdio a esse mascarado que tem provocado o caos e a anarquia em nossa amada cidade.

> No local onde ocorreu a recente explosão, mais de trinta corpos foram encontrados. Segundo as informações oficiais da Secretaria de Segurança Pública, quase oitenta pessoas morreram por causa dos atentados desse terrorista, que age de maneira cruel e está fortemente armado.

Essa onda de matança tem que parar. Precisamos retornar à normalidade. Os nossos filhos e netos merecem viver em paz.

Por isso, estou decretando lei marcial e toque de recolher até que esse foragido seja preso. A prefeitura está oferecendo trezentos mil reais em dinheiro, livres de impostos, para quem informar o paradeiro do mascarado.

Devemos lembrar que a polícia e os órgãos públicos de Nova Esperança são extremamente competentes e possuem total capacidade para garantir a segurança e a justiça em nossa sociedade.

Somente os bandidos escondem a verdadeira face. Prometo que os dias desse marginal estão contados!"

O prefeito era um crápula e manipulador das massas. Por isso, não explicou de onde viria tanto dinheiro para pagar a recompensa pela ajuda na prisão do justiceiro. Deve ter "esquecido" que os hospitais públicos estavam caindo aos pedaços, e faltava verba até para o salário dos professores e o lanche dos alunos nas escolas.

Aproveitando a oportunidade para bajular o prefeito, outros políticos também foram a público para realizar discursos inflamados contra o mascarado e a ideia de fazer justiça com as próprias mãos. Não lhes faltavam argumentos morais e jurídicos. A realidade é que a maioria deles nem acreditava no que falava, e suas palavras não passavam de cortina de fumaça.

Fazia muito tempo que a política tinha se tornado nefasta em Nova Esperança, deixando de ser a arte do debate de ideias e da busca pelos interesses públicos. Não importava o partido, a ideologia, ou se eram de direita ou de esquerda: os políticos desejavam única e exclusivamente esconder interesses escusos.

Quanto a Azrael, esse não dizia mais nada; havia realmente sumido. Por vezes, a sensação era de desamparo; mas também havia um certo alívio em não ter alguém tagarelando em meus ouvidos a qualquer hora e em todo lugar. Finalmente, eu conseguia ir ao banheiro em paz.

Um homem honesto

Apesar de tudo, eu ainda precisava aniquilar o que havia restado da Tríade. Na Promotoria, consegui acesso a mais de duzentas horas de gravação do telefone de Lucas Salvatore. Ninguém havia se dado ao trabalho de transcrever aqueles áudios. Inicialmente, achei que tinha sido por preguiça, mas logo percebi que foi por medo. Durante uma semana, ouvi atentamente cada conversa e prestei atenção aos mínimos detalhes que pudessem fornecer alguma pista.

A minha perseverança valeu a pena. Entendi como a fortuna da Tríade era administrada e onde era armazenada. Descobri que Lucas Salvatore recebia dez por cento para lavar e legalizar o dinheiro sujo, que ficava escondido dentro da Catedral de São Jorge. O local era perfeito: ninguém desconfiaria que o subsolo de uma igreja poderia servir como cofre para os mafiosos.

Pelo que pude entender das gravações, a Tríade dera um fim ao antigo padre e conseguira a designação de outro que era conivente com os seus interesses. Não sabia ao certo se o Vaticano tinha sido enganado ou comprado. Fiquei impressionado com o nível de influência que a Tríade havia alcançado. A organização criminosa estava em todos os lugares, nas mais altas esferas do poder.

Com base nas muitas provas existentes, escrevi uma petição de mais de quarenta laudas para fundamentar a busca e apreensão do dinheiro que estava guardado na Catedral de São Jorge. Sem esse capital, a Tríade sofreria um duro golpe, e Lucas Salvatore não teria como prosseguir com o seu império criminoso.

Por sorte, o processo foi distribuído para o dr. Vinícius, juiz conhecido pela seriedade e rigidez de suas decisões. Era um dos poucos magistrados que ainda não havia sucumbido às tentações da corrupção. Apesar da sua eficiência e antiguidade na carreira, nunca fora promovido às cortes superiores.

O fato de ser negro também deve ter dificultado a ascensão de Vinícius na magistratura. O racismo em Nova Esperança é algo estrutural, enraizado em uma cultura preconceituosa e pautada na ignorância. Ora, se lembrarmos que, em seu berço histórico, a cidade foi fundada por pessoas que fugiram dos nazistas para não morrerem sufocadas nas câmaras de gás, tanto preconceito tornava-se ainda mais bizarro.

Agendei uma reunião com o magistrado. Eu queria explicar pessoalmente os detalhes e a importância do caso. A secretária disse que ele poderia atender em seu gabinete no fórum, depois que terminasse a extensa pauta de audiências que faria pela manhã.

Dentro do horário marcado, fui ao gabinete. Durante o tempo que passei aguardando, observei a decoração. Sobre a mesa, havia o retrato do juiz com a esposa e as filhas. Encostada na parede, uma antiga estante resistia ao volumoso peso dos livros de Direito, Filosofia e História. O computador e a impressora eram funcionais, mas de uma tecnologia bastante ultrapassada. Aquele ambiente simples contrastava com a habitual e extravagante opulência dos órgãos e repartições do Poder Judiciário.

– Bom dia, dr. Theo! – disse o juiz. – Desculpe a demora, hoje tivemos muitas audiências e, apesar das minhas tentativas, os acordos conciliatórios foram poucos.

– Bom dia, Excelência!

– Fique à vontade para me chamar de Vinícius. Depois de tantos anos, estou cansado desses formalismos exagerados.

– Como achar melhor.

– Aceita um chá de camomila? É a minha esposa que faz. Ela diz que preciso tomar para acalmar os nervos. – O juiz sorriu e tomou um gole da bebida.

– Agradeço a cortesia, mas tomei uma xícara há pouco. – Dei essa desculpa para não revelar que era um incorrigível amante do café.

– Assisti a algumas entrevistas suas na televisão – ele disse. – Parabéns pelo trabalho que tem feito na promotoria.

– Esses repórteres amam transformar os julgamentos em espetáculos – respondi. – Obrigado pelo elogio, apenas tento dar o meu melhor.

– Essa cidade seria muito mais segura se houvesse mais gente querendo fazer a coisa certa. Mas vamos ao que interessa: em que posso ser útil?

– Apresentei uma petição, requerendo busca e apreensão de um dinheiro que é fruto de atividades ilícitas. O artigo 240 do Código de Processo Penal fundamenta a efetivação dessa medida.

– Esse processo entrou na fila, mas ainda não chegou à minha mesa. Onde está esse dinheiro?

– Escondido na Catedral de São Jorge.

– Esconderam dinheiro dentro da igreja?!

– Por incrível que pareça, sim. Anexei documentos e transcrições de escutas telefônicas que comprovam o envolvimento da Tríade. Não sei a quantia ao certo, mas creio que se trata de muitos milhões oriundos do tráfico. Por essas razões, esse mandado de busca e apreensão é tão importante e urgente.

– Pelo que está dizendo, esse caso é realmente delicado. Vou analisar as provas o mais breve possível.

– Obrigado, Vinícius. – Levantei-me e estendi a mão para cumprimentá-lo.

– Não por isso, Theo. – Ele apertou a minha mão com firmeza. – É nosso dever fazer com que as leis sejam cumpridas.

Fui embora aliviado. Pelo tom da conversa que tivemos, o juiz compreendeu a importância daquela busca e apreensão. Havia provas mais que suficientes para uma decisão judicial favorável.

Novamente, agradeci aos céus por ter cruzado com um homem honesto e de coragem. Para que algo dessa natureza viesse a acontecer em Nova Esperança, seria preciso haver uma conjunção improvável de fatores dentro do Universo. Era a realização de um verdadeiro milagre.

O PESO DO MUNDO

Três dias depois de minha ida ao gabinete do juiz Vinícius, comecei a ficar apreensivo com a demora da decisão. A cada minuto, eu entrava no sistema eletrônico do Ministério Público para verificar se havia alguma nova publicação sobre o andamento do processo.

Mas sabia que, pelos padrões do Poder Judiciário, seria normal esperar meses, senão anos, por qualquer ordem judicial. A lentidão excessiva, a burocracia desnecessária e a corrupção flagrante eram fatores que contribuíam para a institucionalização da injustiça em Nova Esperança.

Pensei em telefonar para a secretária do magistrado e agendar outra reunião. Mesmo que pudesse parecer chato ou impertinente, não queria perder a oportunidade de apreender reservas financeiras da Tríade.

O requerimento de busca e apreensão foi feito em segredo de justiça. Em teoria, ninguém além de mim e do juiz do caso sabia o que estava acontecendo. O problema é que a Tríade tinha espiões por toda a cidade.

E se Lucas Salvatore transferisse o dinheiro para outro esconderijo? Simplesmente não haveria mais provas. Ele permaneceria livre, e eu seria feito de bobo e ridicularizado. Talvez tivesse que responder a alguns processos administrativos disciplinares por abuso de poder e uso "indevido" e "irrazoável" das prerrogativas do Ministério Público. Poderia até mesmo ser exonerado da instituição. Para o inferno com tudo aquilo!

O telefone na minha mesa tocou de forma estridente, interrompendo aquela torrente de pensamentos que só traziam aflição. Era a secretária do dr. Vinícius. Ela avisou que o magistrado desejava falar comigo pessoalmente, e o mais breve possível.

Presumi que o juiz precisava de mais algum esclarecimento sobre o caso, para dar melhor embasamento à ordem de busca e apreensão. Entrei no carro e fui em direção ao fórum.

Era uma quinta-feira, e não passava de dez horas da manhã. As avenidas principais estavam engarrafadas e as buzinas do enxame de automóveis orquestravam uma sinfonia enervante, em meio à fumaça negra expelida pelos escapamentos.

Sem paciência, dei meia-volta e segui por outro caminho. Atravessei a enorme ponte metálica sobre o rio dos Pioneiros. As águas caudalosas separavam a parte nova da parte antiga da cidade. A região era reconhecida como patrimônio histórico e, graças às leis de tombamento, as ruas e fachadas dos prédios conservavam o estilo arquitetônico do passado.

Peguei a rua 12 e passei em frente à Catedral de São Jorge. Os sinos badalavam, e os fiéis entravam apressados para não perder a hora da missa. Os pobres coitados nem sonhavam que estavam indo buscar a salvação para a suas almas em um lugar que, em vez de ser a casa de Deus, tornara-se um refúgio para o mal.

Assim que cheguei ao fórum, subi a longa escadaria da entrada e fui ao encontro do dr. Vinícius. Ao abrir a porta do gabinete, me deparei com o magistrado, mas quase não o reconheci.

Ao contrário da altivez e da autoconfiança que antes demonstrava, agora parecia pálido, apático, cansado, como se carregasse o mundo nas costas. Tinha envelhecido décadas em poucos dias. Ele parecia outra pessoa, um homem completamente diferente.

– Por favor, sente-se – disse ele, acendendo um cigarro com as mãos trêmulas. – Pedi que viesse até aqui, porque não acho seguro falarmos por telefone.

– O que houve?

– Estou saindo de férias e me retirando do caso. Outro juiz ficará responsável.

– Mas como? Você não pode, você prometeu analisar...

– Escuta aqui, eu sei o que prometi! – O juiz Vinícius me cortou e tragou com força o cigarro. Suas mãos não paravam de tremer. – Desde o dia em que você entrou por essa porta, tenho recebido uma série de ameaças.

– Excelência, também já fui ameaçado antes, mas isso não impediu que cumprisse o meu dever.

– Tem filhos? – ele perguntou.

– Não, não tenho...

– Se tivesse, me entenderia. Não me importo com o que possa acontecer comigo. A questão é que ameaçaram a minha mulher e as minhas filhas. Recebi esse envelope com fotos. Veja você mesmo, foram tiradas recentemente.

O juiz Vinícius puxou as fotografias de dentro de um envelope pardo e as colocou sobre a mesa. Eram imagens das suas filhas brincando no recreio da escola, dançando no balé e correndo dentro de casa. As meninas estavam marcadas com o desenho de um alvo, feito de sangue. Com a mesma marcação, também havia fotos da esposa passeando pelo shopping e fazendo compras distraidamente.

– Pensei em pedir ajuda para a Corregedoria e solicitar escolta policial – Vinícius pigarreou e tossiu –, mas pela forma como as ameaças foram feitas, desconfio que pessoas muito próximas estejam envolvidas, talvez do meu próprio gabinete. Eles parecem estar infiltrados em todos os lugares. Estou de mãos atadas, não posso arriscar a vida das minhas garotinhas.

Baixei a cabeça e respirei fundo; a fumaça nauseante do cigarro invadiu minhas narinas e alcançou o cérebro. Eu não tinha mais argumentos. Aquele homem realmente carregava o mundo em suas costas. Não apenas a sua vida, mas tudo o que mais amava poderia ser varrido da face da Terra.

Sem saber o que fazer, deixei o gabinete do juiz Vinícius. O pobre homem estava assombrado, com os nervos à flor da pele. Cheguei a sentir pena.

Fantoche de pano

A quem eu estava querendo enganar? A dura verdade é que o meu trabalho era apenas uma engrenagem dentro daquele sistema hipócrita e ineficiente. Naquela maldita cidade, o Direito era um fantoche de pano nas mãos dos poderosos, servindo mais para proteger interesses escusos do que para realizar algum tipo de justiça.

Sentado na velha poltrona da sala, senti novamente aquela enxaqueca lancinante. Para amenizar a dor, engoli algumas aspirinas e abri uma garrafa de Johnnie Walker.

O celular tocava incessantemente. Era Diana, mas não atendi. Joguei o telefone longe. Nem ela poderia aliviar as trevas que me rondavam. Queria parar os sussurros torturantes, que zombavam e riam de mim. Tomei a bebida no gargalo e a senti escorrer para fora dos lábios, molhando o meu peito e anestesiando o corpo. Mesmo assim, as vozes não paravam.

– Me deixa sair – implorou um homem gaguejando.

– Ele está voltando, e vais te arrepender – avisou outro.

– Queime tudo! – gritou uma idosa.

– Quero a minha boneca, quero a minha boneca, quero a minha boneca... – repetia uma garotinha.

– Não leve a vida tão a sério, não passa de uma grande piada! – disse um sujeito rindo.

– Você já dançou com os seus fantasmas sob a luz do luar?

Era uma legião de vozes, com diferentes personalidades. Algumas eram agressivas, outras chorosas; tinha as alegres, as cínicas e as aterrorizantes. Mas, dentre todas aquelas vozes, havia uma que era dominante, poderosa. Era Azrael.

– Por que tenta resistir? – ele perguntou.

– Você sumiu...

– A culpa foi sua.

– Como assim? Do que está falando?

– Dentro de você, ainda existe uma moral tola que insiste em me rejeitar. Que acha errado o que realizamos juntos. Que sente pena da escória que eliminamos.

– Eram criminosos da pior espécie, tiveram o que mereciam – falei com firmeza para ele e para mim mesmo.

– Insiste em vê-los como gente, quando na realidade são monstros. O melhor a fazer é adubar essa terra amaldiçoada com o sangue deles!

– Talvez ainda haja dúvida em mim... – disse, meio confuso com o rumo da conversa. – Mas, se ela existe, não é por causa desses monstros. Tenho medo de estar me vingando do mundo por tudo que sofri. Pelo simples azar de ter nascido condenado, filho de um pai bêbado e de uma mãe assassinada. Se realmente for isso, não há justiça no que fiz.

– Não se atreva a desistir! Não se atreva a negar a vontade divina! – a voz de Azrael era inumana, gutural, como vinda das profundezas de uma caverna. – Sozinho, você não passa de um fraco. Me devolva o controle do seu corpo e até os seus próprios medos o temerão.

Acompanhado pelo Anjo da Morte e impulsionado por suas palavras, decidi acabar pessoalmente com as reservas financeiras da Tríade. Era preciso aplicar o golpe de misericórdia, enquanto eles ainda não estivessem totalmente recuperados do último ataque.

Aproveitei o restante do dia para afiar as lâminas, reforçar o colete com uma dupla camada de kevlar e verificar os equipamentos; mas ainda faltava algo importante.

Com muita cautela para evitar as patrulhas policiais que cumpriam o toque de recolher, fui até a casa de Carlos e peguei o Maverick. Por volta das nove horas da noite, atravessei a ponte metálica com o corcel motorizado, em direção à Catedral de São Jorge.

Os portões da igreja estavam fechados. Não havia fiéis, religiosos de fachada ou membros da Tríade do lado de fora. Pensei que encontraria um bando de homens armados e com cara de poucos amigos, como nesses filmes caricatos do cinema norte-americano. Pelo contrário, ninguém fazia a proteção externa. Preferiam manter as aparências do disfarce e não chamar a atenção indesejada de curiosos.

A fachada da igreja era coberta por vitrais coloridos, com diferentes imagens de santos. No centro estava São Jorge, cavalgando o seu corcel branco e apontando a lança contra um gigantesco dragão. Mais acima, quatro torres ornadas com gárgulas davam um aspecto gótico ao monumento religioso.

Os mais velhos costumavam dizer que as gárgulas foram erigidas nas catedrais medievais para indicar que os demônios nunca dormem, e podem estar em qualquer lugar. Portanto, a vigilância constante é necessária mesmo em locais sagrados. Incrível como essa sabedoria antiga está quase sempre correta.

Um bando de morcegos sobrevoava a catedral. As criaturas sugadoras de sangue passavam umas pelas outras a centímetros de distância. Estavam em seu horário de caça, os guinchos estridentes cortavam o silêncio da noite. Estacionei o carro a um quarteirão de distância e me esgueirei pela rua deserta até chegar à igreja.

Girei uma corda com gancho e a joguei para cima o mais forte que pude, tentando prendê-la em uma das torres. Somente na terceira tentativa consegui firmar o gancho. O vento gélido e forte me empurrava durante a escalada, fazendo a corda balançar de um lado para o outro e ranger sob o meu peso.

Pensei que iria cair, porém as gárgulas acabaram me servindo de apoio e consegui alcançar o telhado. No fim das contas, as estátuas diabólicas foram realmente úteis.

Uma pequena claraboia permitia visualizar os corredores que ficavam no andar superior da igreja. Quando usava o binóculo para examinar o lugar, fui surpreendido por uma erupção de gargalhadas.

O ÚNICO CRISTÃO

Os responsáveis pela algazarra no interior da igreja eram quatro vigilantes, que conversavam durante a ronda. Carregavam fuzis e pistolas. Não percebi mais ninguém além do quarteto, que continuava a falar distraidamente sobre um festival de pornografia e outras futilidades.

Se fossem um pouco mais espertos, em vez de se comportarem como adolescentes em uma festa, estariam organizados em duplas e atentos a qualquer movimento suspeito. No entanto, eles ainda estavam em maior número. Era preciso surpreendê-los.

A teatralidade de uma entrada épica nunca pode ser subestimada, pois distorce a realidade e provoca confusão na mente de quem é pego desprevenido. Sabendo disso, joguei uma bomba de gás lacrimogêneo e saltei sobre a vidraça da claraboia.

Com as lâminas sedentas por sangue e prontas para o combate, caí sobre um dos guardas, que foi instantaneamente nocauteado com o impacto do meu peso sobre as suas costas.

O capuz e a máscara me protegeram da nuvem de fumaça que havia se espalhado. A confusão e o desespero tomaram conta dos seguranças, que ainda estavam de pé e tapavam o rosto inutilmente, tentando impedir a cegueira temporária, a dor na pele e a dificuldade de respirar.

Imediatamente, cravei o aço no pescoço do segundo guarda, que se contorceu de dor antes de morrer. Restavam mais dois. Me aproximei pelo flanco esquerdo do terceiro, que ainda tentou esboçar alguma reação, mas não conseguiu evitar o golpe em sua nuca.

Procurei pelo quarto e último dos guardas e o encontrei assustado no chão, arrastando-se para longe. O sujeito apontava o dedo trêmulo para máscara e me chamava de demônio. Aproximei-me e, quando ia dar o golpe de misericórdia, ele começou a rezar. Esperei que a prece terminasse com um "Amém!", e então perfurei seu peito.

Jesus Cristo nos ensinou a filosofia do amor e do perdão. O fato é que pouquíssimos praticam os mandamentos do Filho de Deus. Não foi por acaso que Nietzsche afirmou que, no fundo, só existiu um único cristão, e Ele morreu na cruz. De qualquer forma, Azrael e eu não tínhamos ido até ali para perdoar ninguém.

Desci a escadaria que conduzia à nave principal da igreja. Fui recepcionado com uma saraivada de balas, e por pouco não tive a cabeça arrancada.

Era outro guarda que ostentava uma metralhadora montada, dessas com capacidade de derrubar aviões. Um tiro de raspão seria suficiente para desmembrar uma pessoa. Eu podia sentir o pesado deslocamento de ar dos projéteis que abriam crateras na parede de concreto.

Fiquei atrás de uma coluna, que começava a ser despedaçada pelas consecutivas rajadas. O barulho dos tiros dentro da igreja fechada ecoava como se fossem trovões furiosos vindos do céu. Os vitrais foram quase todos estilhaçados, restando apenas um São Jorge sem seu cavalo, desarmado e à mercê do dragão. Outra bomba de gás lacrimogêneo poderia me salvar, mas eu havia usado a única que tinha.

Somente restava esperar, e eu rezava para não ser atingido. Não saberia dizer quanto tempo durou a sequência de tiros, mas foi o suficiente para transformar em poeira uma parte da coluna que me protegia. Ao ver que o atirador precisava recarregar a arma, corri em direção a ele com as lâminas prontas para o ataque. Ele ficou paralisado de medo, tentando desajeitadamente sacar a pistola do coldre, mas consegui decepar sua mão antes que pudesse mirar.

O homem praguejava, ao mesmo tempo que usava a mão que havia lhe sobrado para segurar o meu pulso, querendo evitar a lâmina a todo custo.

Usei todo o peso do meu corpo para forçá-la contra o seu coração. Ele uivou de dor quando o aço o perfurou lentamente.

Acompanhei de perto os seus últimos momentos; vi o sangue escorrer pela boca e os espasmos que antecederam o suspiro final. A máscara foi a derradeira visão que ele teve deste mundo.

Anjo ou demônio?

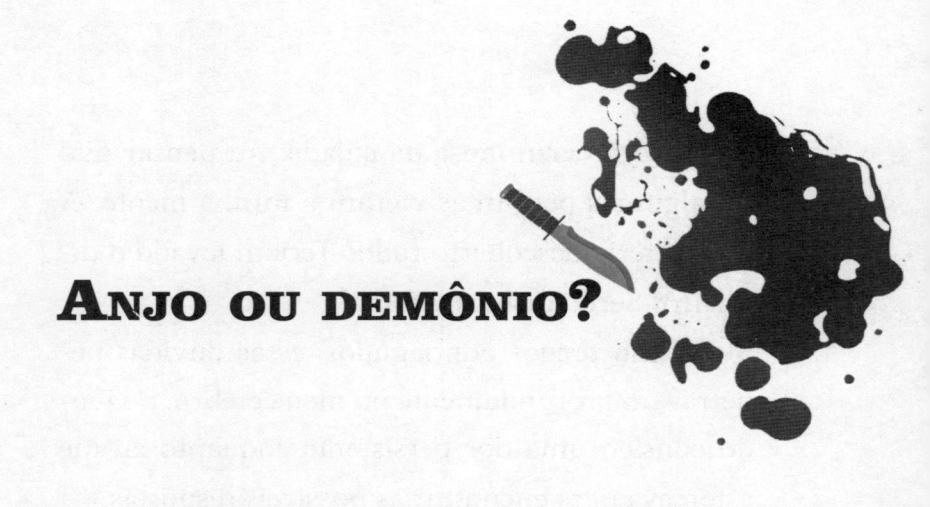

Escondido sob o altar da igreja enquanto aguardava a chegada de outros capangas da Tríade, eu podia sentir o meu peito ainda pulsando de adrenalina após a batalha. Azrael regozijava-se com as gotas de sangue fresco que pingavam das lâminas.

Perto de mim, havia uma estátua de Jesus Cristo crucificado. Mesmo após a tempestade de balas, a escultura permanecia intacta. Querendo renovar as minhas forças, contemplei a imagem divina. Sob a coroa de espinhos, os olhos do Príncipe da Paz pareciam me observar com profunda tristeza.

Passados dez minutos, percebi que não havia mais ninguém dentro da catedral e saí da proteção do altar. Achei estranho que apenas cinco capangas estivessem guardando o cofre da maior organização criminosa da cidade. Ao pensar nisso, algumas perguntas vieram à minha mente. A Tríade teria descoberto tudo? Teriam levado o dinheiro? Seria uma armadilha?

Como pregos pontiagudos, essas dúvidas penetravam profundamente no meu cérebro, trazendo consigo uma dor persistente enquanto eu me esforçava para encontrar as possíveis respostas.

Atravessei a nave principal da igreja e encontrei uma escadaria de pedra em espiral. A descida até o subsolo foi longa. O lugar era escuro e claustrofóbico. Com ajuda da lanterna do celular, andei agachado para não bater a testa nas vigas que sustentavam o teto. Ao fim de um corredor, consegui enxergar o brilho de uma porta de aço maciça. Mesmo consciente de que mais capangas poderiam surgir a qualquer momento, tentei forçar a enorme tranca giratória, que não se moveu um centímetro sequer.

Instalei os últimos explosivos C-4 que Carlos havia conseguido. O meu amigo estava morto, mas seu legado permitiria salvar muitas vidas das garras da Tríade e deixar uma marca permanente em Nova Esperança.

Voltei pelo mesmo caminho pelo qual tinha entrado e tomei distância das bombas. Havia calculado uma pequena explosão: seria o suficiente para arrombar o cofre, sem comprometer a estrutura da igreja. O edifício era muito antigo, e por isso existia o iminente risco de desabamento.

A explosão ocorreu conforme o esperado. O estrondo foi bem alto; mas, para meu alívio, além dos bêbados, vira-latas e morcegos, não havia vizinhos para assustar.

Desci novamente as escadas de pedra e atravessei a densa fumaça preta até chegar ao cofre. A porta de aço estava retorcida e tombada no chão. Nunca esquecerei o que vi dentro daquele cofre.

Eram pilhas e pilhas de cédulas que alcançavam o teto, formando incontáveis torres de dinheiro. Também havia muitas joias, rubis, diamantes e outras pedras preciosas. Nos cantos, barras de ouro reluziam. Nas paredes, quadros de pinturas nos estilos renascentista, barroco e moderno que valiam fortunas, provavelmente adquiridas no mercado negro de arte.

Bastaria encher os bolsos com um punhado de diamantes para que não precisasse mais trabalhar um dia sequer na vida. No entanto, não suportaria conviver comigo mesmo, sabendo que seria tão asqueroso quanto aqueles que combatia.

Mamãe me ensinara desde cedo a valorizar o patrimônio conquistado com o meu próprio esforço, pois aquilo que se consegue à custa de rapinagem só traz desgraça. Além do mais, caso não me comportasse, cedo ou tarde acabaria entrando para a lista vermelha de Azrael.

Ateei fogo nas torres de dinheiro e observei as chamas crepitarem, até que tomassem o cofre por completo. Não era apenas um duro golpe na Tríade, também era uma mensagem clara para os corruptos infiltrados na cidade, mostrando a eles que o crime não compensava e haveria consequências para quem ultrapassasse certos limites.

Corri até o portão principal, mas o som das sirenes da polícia e de um helicóptero sobrevoando a catedral me colocaram em estado de alerta. Espiei pela fresta de uma das janelas quebradas para saber o que estava acontecendo do lado de fora.

Atrás de barricadas, havia dezenas de policiais com armas apontadas para o portão da igreja, prontos para fuzilar quem ousasse sair. O helicóptero passava em voos rasantes, com um canhão de luz que iluminava a rua por inteiro.

– Aqui é a polícia. Sabemos que você está aí. O lugar está cercado, não há saída. Entregue-se e não será ferido! – ordenou um policial com megafone.

Minhas pernas fraquejaram, e gotas de suor rolaram por baixo da máscara. Eu tive vontade tirá-la para conseguir respirar e enxergar melhor, mas desisti quando lembrei que podia estar sendo observado.

Novamente, contemplei a imagem sagrada de Cristo e tive a impressão de que ela chorava lágrimas de sangue. Azrael gargalhava de forma retumbante dentro da igreja. Não se assemelhava em nada com a risada de um anjo. Muito pelo contrário, parecia vinda de algum demônio satisfeito com a oferenda.

Roda do destino

– É O ÚLTIMO AVISO. RENDA-SE E SAIA COM AS MÃOS para cima! – falou o policial no megafone.

A minha cabeça latejava, e eu não sabia qual decisão tomar. Deveria me render, tentar fugir ou lutar até a morte?

– Acalme-se, respire devagar – Azrael ordenou. – Nunca perca a razão. Não seja refém das circunstâncias. Jamais deixe que os outros te controlem.

– Fácil falar – retruquei. – Estou sem saída.

– Lembre-se de que você veio pelo céu, e que esse ainda pode ser o caminho!

Como não tinha pensado nisso antes? Era claro que o único jeito seria fugir por onde entrei. Corri até as escadas e fui para o segundo andar. Abri as portas à procura de algo que me ajudasse a alcançar a claraboia.

Dentro dos cômodos, havia apenas imagens de santos e mobília antiga. Peguei a cadeira mais firme que encontrei e a coloquei sobre uma mesa. Subi na escada improvisada e estiquei o braço; mesmo assim, os dedos não alcançavam a claraboia. Ouvi o barulho da porta principal sendo derrubada e os policiais invadindo a igreja. Eu tinha apenas uma chance para saltar. Se errasse, cairia no chão e seria fuzilado.

Era provável que o prefeito tivesse dado ordens para que os policiais atirassem para matar. Seria mais conveniente para a imagem do político que o meu corpo fosse direto para o necrotério. Ainda que eu não carregasse armas de fogo, seria alegada uma "troca de tiros", e alguma pistola raspada seria colocada em minhas mãos.

Com cuidado para não perder o equilíbrio, tomei impulso e saltei. A mão esquerda escorregou da borda, mas consegui firmar a direita. A cadeira velha quebrou ao cair no chão. O som das botas pisando as escadas se aproximava cada vez mais. Por pouco, consegui subir pela claraboia antes que os policiais chegassem.

O vento frio da noite tocou a minha pele, e o que antes era açoite tornou-se alívio. No entanto, estava longe de me considerar a salvo. Abracei uma das gárgulas, que debochadamente sorria de tudo. Peguei a corda e preparei-me para deslizar até o chão. Ainda faltavam uns quatro metros de descida quando as balas começaram a chover sobre mim. Graças ao balanço da corda, não fui imediatamente aniquilado.

– Acertem ele! – ordenou uma voz extremamente familiar.

Olhei para cima e fiquei atônito. Confirmei o que já sabia, mas não queria acreditar. Acho que não havia como a situação ficar ainda mais louca e descontrolada. Era Diana, que estava no telhado com outros policiais e se preparava para mirar outra vez em mim.

O helicóptero aproximou-se e o canhão de luz fez um grande clarão, embaçando a minha vista. As mãos começaram a escorregar da corda por causa da ventania gerada pelas hélices.

– Atirem! – Diana gritou.

– Não pense. Faça! – vociferou Azrael.

Soltei a corda e caí dentro de um grande monte de lixo, que ajudou a amortecer parte do impacto. Mesmo assim, os meus joelhos vieram até o peito e fiquei sem ar, antes de rolar pela sarjeta. A dor nas pernas e no tórax foi excruciante; senti que havia fraturado umas três costelas.

Cada passo que eu dava era um martírio para o corpo. Ouvi os latidos dos cachorros se aproximando, o que significava que a polícia logo me alcançaria. Uma forte descarga de adrenalina percorreu as minhas veias; ignorei a dor e apertei o passo, até a rua onde tinha estacionado o carro.

Assim que acionei o motor V8, as balas atravessaram o para-brisa e estilhaços de vidro voaram. Enfiei o pé no acelerador, e o Maverick rugiu. Os faróis ainda estavam desligados, e quase atropelei um policial que havia se colocado no meio do caminho. No último instante consegui desviar dele, batendo apenas com o retrovisor, que acabou derrubando-o sentado.

Nunca me perdoaria se matasse um homem inocente. Já são tão poucos, que fazem parte de uma espécie em vias de extinção. Somente os culpados merecem perecer e pagar pelos seus pecados.

As luzes azuis e vermelhas das sirenes das viaturas estavam logo atrás de mim, e o helicóptero acompanhava a perseguição dando suporte aéreo.

Mais disparos quebraram o vidro traseiro e perfuraram a lataria do carro. A essa altura, a carroceria já estava cravejada de balas.

Virei o volante para a direita e puxei o freio de mão para entrar em uma curva fechada. O carro derrapou e os pneus queimaram no asfalto, levantando fumaça. Pisei no acelerador e ganhei distância. Pelo retrovisor, avistei uma das viaturas perdendo o controle e capotando lentamente, impedindo a passagem das outras.

As ruas estreitas e as curvas acentuadas da parte histórica da cidade trabalhavam a meu favor, e graças ao toque de recolher não havia nenhum trânsito caótico. Claramente, as viaturas velhas da polícia não eram páreo para a fúria do Maverick; o problema era o maldito helicóptero.

Tive um susto que quase me fez saltar para fora do carro, quando uma rajada de tiros perfurou o teto como se fosse um pedaço de papel. Aqueles projéteis eram disparados por atiradores de elite que estavam no helicóptero. Para não me tornar um alvo fácil, evitei correr em linha reta.

A fim de despistá-los, entrei em um túnel a mais de duzentos quilômetros por hora e quase capotei. O plano era alcançar o outro lado, abandonar o carro em algum ferro-velho e fugir pelos esgotos. Considerando as circunstâncias, tenho certeza de que Carlos me perdoaria por ter perdido a sua "belezinha".

O piloto foi esperto: quando cheguei ao fim do túnel, o helicóptero estava pousado no asfalto, à minha espera. O atirador de elite apontou o rifle. A mira estava limpa, não havia espaço para fugir. Eles pensaram que eu desistiria; no entanto, em vez de frear, acelerei ainda mais e fui na direção do helicóptero.

Ao perceber a minha intenção, o atirador soltou a arma e fez sinal para que o piloto subisse. Ele mexia freneticamente os braços, atônito ao ver o carro correndo para uma colisão frontal, que culminaria em uma grande bola incandescente.

O helicóptero ganhou altitude, e o Maverick passou raspando por baixo dele. É claro que eu pisaria no freio antes de colidir contra um helicóptero cheio de gente. De qualquer forma, fiquei grato porque o blefe deu certo.

Ouvi as sirenes das viaturas que voltaram à perseguição. Havia buracos por todos os lados do

Maverick, e o motor estava fumegando. Cheguei à ponte metálica sobre o rio dos Pioneiros. Saí do carro, pulei a pequena mureta de segurança e caminhei até a beirada da ponte.

Mesmo na escuridão, consegui enxergar o movimento das águas caudalosas que se chocavam violentamente contra a estrutura metálica, fazendo-a ranger. Eu estava pronto para saltar; no entanto, antes que eu pudesse executar o movimento, fui alvejado nas costas e na perna direita.

Caí totalmente desajeitado. Durante a queda, me perguntava se morreria por causa dos tiros, pelo impacto com a água ou por afogamento. A verdade é que não tinha nenhum poder de escolha, e o resultado seria o mesmo. Eu não passava de um passageiro ou, melhor dizendo, um refém preso à roda do destino. Mas, afinal, quando não somos?

VIDA E MORTE

Quando o meu corpo se chocou contra o rio, senti doer até os ossos que eu não sabia que tinha. Submergi nas águas geladas, desmaiei e fui arrastado pela correnteza. Contrariando todas as probabilidades, não morri.

Ao recuperar a consciência, estava perto de um manguezal, e apenas a cabeça não tinha ficado submersa. Vomitei litros e mais litros de água. Incomodados pela invasão do seu território, os caranguejos se afastaram de mim.

Não sabia a distância exata que havia percorrido, mas era longe o suficiente para não enxergar mais a ponte, as viaturas ou o helicóptero da polícia. Deviam estar muito ocupados à procura de um cadáver nas margens do rio.

As minhas mãos e os meus pés estavam pálidos, dormentes e tremiam por causa da hipotermia. O colete me protegeu dos tiros nas costas, mas a perna direita sangrava e doía bastante.

A máscara tinha sido arrancada pela força do rio. Tirei a roupa, as armas e as joguei no mangue, ficando apenas de cueca. O perigo de ser reconhecido por causa da vestimenta era bem mais preocupante que o frio.

No breu da noite, os olhos cintilantes dos crocodilos e cobras me vigiaram por centenas de metros, até que eu conseguisse chegar na parte urbana. Encontrei um grupo de mendigos que bebiam perto de uma fogueira.

– Puta merda! O maluco *tá* só de cueca – comentou um deles, que se pôs a rir como uma hiena velha.

– Esse sabe farrear! – disse outro, acompanhando a gargalhada.

Tentei pedir ajuda, mas os meus dentes batiam tanto que as palavras não saíam. Sem forças, sentei perto da fogueira e esfreguei as mãos trêmulas para apaziguar o frio.

No primeiro momento, os mendigos me ignoraram, mas depois se compadeceram de mim e ofereceram roupas velhas, agasalhos e até uma sopa rala com ossos de galinha. Usei alguns trapos para estancar o ferimento na perna. Quem diria que eu acabaria encontrando empatia e solidariedade junto às pessoas que menos as recebiam?

Quando a hipotermia ficou minimamente sob controle, agradeci aos meus salvadores já embriagados, levantei-me e manquei até a estação de metrô mais próxima antes que a noite acabasse.

Com a aparência de um mendigo perambulando pelas ruas em busca de esmolas, percebi que estava praticamente invisível para a sociedade. Fui ignorado pelos fiscais do toque de recolher, e logo alcancei a estação de metrô.

Durante o percurso do trem, lembrei do defunto que passara vários dias apodrecendo dentro do vagão, sem que ninguém se importasse, e receei ter a mesma sorte.

Com o corpo e o espírito alquebrados, consegui finalmente chegar em casa. A primeira coisa que fiz foi tomar banho para tirar a espessa camada de sujeira e lama que me cobria. Em seguida, limpei com cuidado a ferida da perna para que não infeccionasse. Fora apenas um tiro de raspão, e nenhuma região vital havia sido atingida. Caí na cama e apaguei.

Em dado momento, meus pensamentos vieram à tona, mas não consegui acordar. Estava envolto por trevas.

– Isso é a morte? – perguntei a mim mesmo.

– Se estivesse realmente morto, não estaria fazendo perguntas – Azrael respondeu. – Depois de tudo que enfrentamos, você ainda tem esse medo?

– Acho que todo mundo tem.

– A maior sabedoria consiste em se libertar desse temor inútil. Os homens precisam aprender a morrer para saber viver!

– Sei o que quer dizer. A morte é inevitável, vem para todos e pode chegar a qualquer instante.

– Ela não é apenas inevitável, mas também necessária – Azrael enfatizou. – A vida sem a morte seria puro desespero e caos.

– Ora... não me surpreende, de maneira alguma, que logo *você* pense dessa maneira.

– A morte é uma das peças da ordem do Universo e possibilita a criação. Morrer e viver são condições que estão ligadas e formam o ciclo da natureza. Os descendentes de Adão vieram do pó, e a ele retornarão.

– Algo que não entendo é porque Deus permite que haja tanta dor, sofrimento e injustiças em sua criação.

– O livre-arbítrio foi um presente de Deus para os seres humanos. Se o mal existe, é por culpa de vocês mesmos. O dia do juízo final se aproxima, e os ímpios responderão pelos seus pecados...

Enquanto Azrael falava, a sua voz foi se elevando até o ponto de ficar insuportável e me arrancar daquele sonho estranho e confuso.

Eu perdi a noção do tempo, e não sabia se tinha dormido por horas ou dias. Ainda estava zonzo e mal tinha aberto os olhos, quando me deparei com uma pistola ponto quarenta apontada para mim.

Razões para viver

Era Diana quem segurava a arma, com uma expressão transtornada. Era o retrato de um misto de tristeza, decepção e raiva.

– Mentiroso! – ela gritou. – Como teve coragem de me enganar por tanto tempo?

– Calma, calma... – foi a única coisa que consegui dizer nesse momento.

– Você me usou para saber as operações da polícia e continuar matando gente.

– Isso não é verdade...

– Nem preciso dizer que tem o direito de ficar calado, e tudo que disser poderá ser usado como prova contra você. – Ela engatilhou a pistola e a tensão aumentou. A arma poderia disparar acidentalmente por conta do nervosismo que a dominava.

— Foi com o meu trabalho na promotoria que consegui as informações — tentei explicar.

— Theo, você matou um monte de gente e age como um maldito psicopata! — ela começou a chorar.

— Pode me algemar e me levar preso se quiser, mas a cidade está melhor sem aquela corja de assassinos. Fiz o que tinha que fazer, e não me arrependo. Eu te amo, e não pense que fiquei com você por qualquer outro motivo.

— Que droga, Theo! — ela disse gaguejando, e as lágrimas jorraram pelo rosto. — Eu estou grávida, esperando um filho seu!

Trazer uma criança para esse mundo era algo que nunca havia passado pela minha cabeça. Eu seguia a orientação de Brás Cubas: não pretendia transmitir a nenhum ser o legado da miséria humana.[2] No entanto, ao receber aquela notícia, fui tomado por uma alegria inexplicável.

Fui até Diana e retirei vagarosamente a pistola de suas mãos. Então me ajoelhei, abracei-a e beijei o seu ventre. Tive a impressão de sentir a criança

---

[2] Machado de Assis, *Memórias Póstumas de Brás Cubas* (1881).

se mexendo. A sensação era de que eu nunca mais estaria sozinho, e teria novas razões para viver.

– Tem quanto tempo? – perguntei.

– Acho que três meses. Soube hoje de manhã, e vim correndo contar – ela respondeu com a voz embargada. – A porta estava aberta, te encontrei desse jeito e me lembrei da perseguição.

– Diana, quero deixar tudo isso para trás. Vamos refazer as nossas vidas...

– Theo, a polícia inteira está te caçando. Por mais que ainda não saibam quem é o mascarado, um dia vão descobrir.

– Esquece isso. Não vão descobrir. Me dá a chance de te fazer feliz. Prometo que vou ser o melhor pai do mundo!

Ela evitava olhar em meus olhos, ainda incrédula e confusa. Precisava de tempo para digerir tudo aquilo e tomar uma decisão. Eu a respeitei, e não insisti mais.

Uma dor aguda me fez lembrar da ferida na perna direita. Foi então que percebi as gotas de sangue que manchavam o tapete branco. Diana refez o curativo, mas faltavam antibióticos para combater a infecção.

– Vou até a farmácia – ela disse.
– Espera, tenho uma coisa importante para dizer.
– O quê?
– Você vai ser a mãe mais linda desse mundo!

Ela passou as mãos nos cabelos, como sempre fazia quando estava preocupada. Guardou a pistola no coldre e saiu.

Tive receio de que Diana não voltasse mais, ou que me entregasse à polícia, mas ela retornou da farmácia como havia dito, me deu os remédios e cuidou de mim. Depois de ter percebido que eu estava melhor, ela foi embora sem dizer mais nada.

Passei dois dias sentindo febre e calafrios. Mal conseguia me alimentar. A dor continuava, e eu tomava doses cavalares de analgésicos que pareciam não fazer mais efeito.

O tempo que a ferida da perna permaneceu em contato com a sujeira do mangue deve ter causado a infecção que tentava se alastrar. O meu corpo lutava para não sucumbir.

Liguei inúmeras vezes para Diana, mas ela não atendia e nem respondia às minhas mensagens. Já estava me conformando com a ideia de que ela chegaria a qualquer momento com a polícia, e que a cadeia seria o meu fim. Pensei no circo que os jornais e as redes sociais fariam com a prisão do mascarado. Não tinha dúvidas de que algum político utilizaria a minha foto enjaulado como palanque de campanha.

Era bem provável que eu nem fosse levado a julgamento. Antes que isso acontecesse, seria morto na cela por algum dos bandidos que acusei nos tribunais. Honestamente, não me importava mais. O que realmente me perturbava era a possibilidade de ficar longe de Diana e do nosso filho.

Para minha surpresa, Diana apareceu no início da segunda noite.

– Theo, eu te admirava tanto, e hoje mal consigo olhar nos seus olhos – disse ela, com a voz cheia de tristeza.

– Lamento ter te decepcionado. Lamento não ser o homem que você realmente merece.

– Por várias vezes pensei em te entregar para a polícia. Isso seria a coisa certa a se fazer, e não sei se algum dia esses pensamentos deixarão de me perseguir. Mas acho que agora devemos cuidar dessa criança. Ela não merece responder pelos nossos erros.

– Se alguém errou, não foi você. Eu sou o único responsável por essa situação – respondi. – No momento, sei que isso é o máximo que posso ter de você, e eu aceito.

Conversamos por mais algum tempo e dormimos.

Tive a sensação de que ela poderia nunca mais ser a mesma mulher comigo. Eu precisava reconquistar a sua confiança, e faria tudo o que fosse necessário para isso.

Não sei se o leitor concorda com isso, mas acredito que pelo menos uma vez na vida as pessoas recebam a chance de encontrar a felicidade. Algumas se agarram à oportunidade com todas as forças; outras a deixam passar como se não valesse nada, depois colhem amargura e arrependimento. Aquela era a minha, e eu não queria perdê-la.

Com a chegada dos primeiros raios de sol da manhã, tomamos café e começamos a traçar planos para fugir de Nova Esperança. Queríamos um lugar bonito e tranquilo para morar até o nascimento do nosso filho. Escolhemos a cidade de Bariloche, que fica na região da Patagônia argentina. Apesar do inverno rigoroso, achamos maravilhosa a ideia de nos isolarmos em uma casinha perto das montanhas.

Pelos nossos cálculos, as nossas reservas financeiras seriam suficientes para nos mantermos durante alguns meses. Depois, eu arrumaria algum trabalho para pagar as contas. Finalmente poderia realizar o sonho de dar aulas de jiu-jitsu e de defesa pessoal para crianças; quem sabe até conseguiria tempo para escrever um livro e assiná-lo com algum pseudônimo.

Ao me imaginar longe de Nova Esperança, senti um grande alívio. Ficaria livre daquele lugar sujo, cáustico e abominável, exata representação da profecia em 2 Timóteo 3:1-5, que vaticina:

> *"Sabe, porém, isto: que nos últimos dias sobrevirão tempos trabalhosos; porque haverá homens amantes de si mesmos, avarentos, presunçosos, soberbos, blasfemos, desobedientes a pais e mães, ingratos, profanos, sem afeto natural, irreconciliáveis, caluniadores, incontinentes, cruéis, sem amor para com os bons, traidores, obstinados, orgulhosos, mais amigos dos deleites do que amigos de Deus,*

tendo aparência de piedade, mas negando a eficácia dela. Destes afasta-te."

Diana saiu para sacar o dinheiro que tinha em sua conta pessoal e cuidar de alguns detalhes necessários para a viagem. Queríamos resolver tudo da maneira mais breve e discreta possível, para não chamar atenção ou despertar suspeitas.

Cerca de três horas depois, estava deitado e de olhos fechados, quando ouvi um grito pavoroso vindo da entrada da casa que fez a minha alma gelar.

A PROMESSA

A PERNA AINDA LATEJAVA E EU NÃO CONSEGUIA CA-minhar direito. Antes que conseguisse levantar da cama, passos apressados cruzaram a sala, fazendo o assoalho ranger. Estava vulnerável sem as lâminas. Não sabia quem era, mas tinha certeza de que vinha para me matar.

Para ter uma chance de revidar, entrei no guarda-roupa e fiquei à espreita.

Pelas frestas, vi quando a porta foi arrombada e um homem enorme invadiu o quarto. Empunhava uma pistola com silenciador e deu vários tiros sem pestanejar. O meu algoz ficou furioso quando descobriu que tinha atingido apenas um monte de travesseiros cobertos por lençóis. Verificou se havia alguém debaixo da cama e começou a procurar pelo quarto.

O homem era louro, tinha a pele avermelhada e castigada pelo sol. O seu maxilar era quadrado e protuberante. Porém, o que mais chamava a atenção nele era o nariz sem a ponta e o tapa-olho do lado esquerdo. Provavelmente eram cicatrizes de guerra. Vestia um fardamento negro, e seus movimentos precisos indicavam que era treinado para matar.

Aproveitando o momento em que o brutamontes vasculhava o outro lado do quarto, saltei sobre suas costas, mantendo firme o meu braço direito sobre o seu pescoço e usando o esquerdo como uma alavanca para aplicar pressão. Enquanto isso, ele desferia cotoveladas para trás, atingindo o meu abdômen. Resisti à dor dos golpes e não o soltei.

O sujeito ficou transtornado, babando de ódio. Tentou apontar a pistola para a minha cabeça e descarregou o restante do pente. Os tiros acertaram o espelho e a televisão, lançando estilhaços pelo tapete. Então ele soltou a arma e começou a me bater contra a parede.

O mata-leão estava bem encaixado; qualquer pessoa normal teria ficado sem ar, mas ele se mantinha de pé e continuava a me chocar contra a parede.

Em uma de suas investidas, minha perna ferida bateu no canto de um móvel e a dor foi agonizante.

Tomando cuidado para não perder a posição do mata-leão, usei os dedos para furar o único olho do gigante. Ele urrou quando o sangue escorreu e, ao tentar se proteger, acabou perdendo o equilíbrio e tombou. Sem vacilar, firmei o golpe e apertei o pescoço dele até que a traqueia fosse esmagada e ele parasse de se debater.

Ainda cansado e dolorido, fiz um esforço hercúleo para afastar o pesado corpo do assassino para o lado, e levantei para averiguar o que havia ocorrido na frente da casa.

Quando me aproximei do portão, encontrei Diana caída no chão, com as mãos sobre a barriga ensanguentada. Ela ainda estava consciente, mas tão pálida que seu rosto não tinha mais cor.

– Tentei sacar a pistola, mas ele foi mais rápido... – ela murmurou.

– Por favor, não fale, vou ligar para o hospital.

– Theo, não há mais tempo. – Ela pegou em minha mão. – Você é um homem bom, pare com essa loucura. Esse caminho só vai trazer mais morte e desgraça...

– Não, você não pode morrer... O nosso filho está vindo... – Eu chorava em desespero, tentando estancar o sangue.

– Nosso filho está bem, ele está comigo. Você promete que vai parar? – ela perguntou, já quase sem fôlego.

– Prometo! – respondi.

Apertando a minha mão, Diana expirou e morreu. Dei um último beijo nela e permaneci sentado ao seu lado. A única coisa que consegui fazer foi chorar e soluçar, até as lágrimas se esgotarem. Eu me recusava a acreditar que aquilo estava se repetindo.

A minha mãe, o meu amor e o meu filho foram arrancados de mim. A vida era uma eterna montanha-russa trilhando um caminho sem volta para o inferno!

À procura de pistas, fui até o quarto e verifiquei os bolsos do assassino. Ele era um policial, um militar ou um profissional do crime? Estaria a serviço da Tríade, dos juízes ou do prefeito? Todos eles tinham as suas razões para querer acabar comigo.

A pistola era de um modelo comum, e estava raspada. Ele não tinha documentos, dinheiro ou quaisquer outros objetos que denunciassem o seu nome, sua origem ou para quem trabalhava. Mesmo insistindo, não encontrei nada de relevante.

Senti uma vontade irracional de arrancar a pele e despedaçar o corpo do ciclope derrotado, mas tratei apenas de me livrar do traste e o larguei no mangue, para que os crocodilos fizessem bom proveito.

Dirigi até sair da parte asfaltada, passei por estradas esburacadas de barro e lama para chegar ao extremo sul, onde ficava o único bosque da cidade. Tratava-se de uma região absolutamente isolada, sem prédios ou quaisquer construções por perto, o que proporcionava à natureza uma capacidade de resistir aos avanços da poluição.

Estacionei nas cercanias de um belo conjunto de arbustos e árvores frondosas de diferentes espécies. O período do inverno havia chegado, e as folhas começavam a se desprender dos galhos para repousar graciosamente no chão.

De dentro do carro, retirei o corpo de Diana, envolto por um lençol branco. Durante o breve percurso que fizemos, um corvo solitário nos observava de forma curiosa e pôs-se a grasnar uma melancólica melodia, que serviu como cortejo fúnebre.

Escolhi a sombra de um majestoso pinheiro para ser a sepultura de Diana e nosso filho. Enquanto os enterrava, recordei 1 Coríntios 13:1-3:

> "Ainda que eu falasse as línguas dos homens e dos anjos e não tivesse amor, seria como o metal que soa ou como o sino que tine.
>
> E ainda que tivesse o dom de profecia, e conhecesse todos os mistérios e toda a ciência, e ainda que tivesse toda a fé, de maneira tal que transportasse os montes, e não tivesse amor, nada seria.
>
> E ainda que distribuísse toda a minha fortuna para sustento dos pobres, e ainda que entregasse o meu corpo para ser queimado, e não tivesse amor, nada disso me aproveitaria."

Nas últimas orações, conversei com Deus.
– Senhor, eles estão contigo? – perguntei.

No início, obtive somente o silêncio como resposta; mas, de repente, nuvens espessas cobriram o firmamento e flocos de neve começaram a cair, como se o céu estivesse pranteando lágrimas congeladas.

Epílogo

Você, que está aí confortavelmente lendo esta história, pensa que eu deveria ter enfrentado Azrael? Que eu poderia ter evitado o banho de sangue e o amontoado de corpos que deixei para trás?

Digo que a presença dele era esmagadora, e creio que eu não seria páreo para ele. Entretanto, confesso que não tentei resistir ao Anjo da Morte. Antes que você me pergunte o motivo, permita-me responder.

A cada dia que passava, Theo tornava-se apenas um invólucro, uma máscara para usar em sociedade. O típico homem cordial, inútil e fraco.

Azrael era a manifestação da minha verdadeira identidade, a essência do meu ser. Quando ele assumia o controle absoluto, não me conferia força, agilidade ou qualquer habilidade sobre-humana.

No entanto, um sentimento de determinação inabalável nascia dentro de mim, me impulsionando a cumprir os objetivos sem me importar com a fadiga, a dor ou o medo da morte.

Nós fomos o remédio amargo contra o crime organizado que consumia Nova Esperança, como um câncer em metástase. Embora a cidade ainda estivesse longe de ter se tornado um paraíso na Terra, conseguimos reduzir significativamente a violência generalizada. Graças a nós, menos mulheres estavam sendo mortas.

Há um sábio provérbio bíblico que diz: *"Praticar a justiça é alegria para o justo, mas espanto para os que praticam a iniquidade"* (Provérbios 21:15).

Nunca devemos nos esquecer de que a maioria dos crimes são cometidos por covardes, sem qualquer intenção ou objetivo específico. São simplesmente pessoas medíocres que se recusam a pensar, e banalizam a perversidade. Por outro lado, aqueles que toleram o mal se unem a ele.

Não aconselho ninguém a seguir pelos caminhos que narrei nestas breves páginas. O preço que tive que pagar foi alto demais; acabei me tornando um redemoinho de destruição, que tragicamente consumiu as pessoas que mais amava. Eu entregaria minha alma de bom grado, apenas para tê-las de volta por um minuto.

Já viajei por inúmeros lugares. Mas não importa onde eu esteja ou para onde eu vá: seja para uma ilha paradisíaca, dentro de um navio em alto mar, nas areias do deserto ou no Polo Norte, sempre me lembro de Diana. Penso em como seria o nosso filho crescendo, brincando e se aconchegando em meus braços.

Estou cansado de me esconder. A angústia de não poder confiar em ninguém é algo que pode enlouquecer até as mentes mais resolutas. Escrevo estas memórias para que a verdade não se perca e para que eu permaneça com alguma sanidade.

Embora esteja sendo consumido pelo desejo de caçar e acabar com os desgraçados que arrancaram Diana e nosso filho de mim, fiz uma promessa e pretendo cumpri-la.

No entanto, Azrael não está preso aos grilhões das minhas palavras. Tenho certeza de que permanece vigilante nas sombras; e sempre que uma alma inocente for atormentada, ele será a espada que pune.

grupo novo século

Compartilhando propósitos e conectando pessoas
Visite nosso site e fique por dentro dos nossos lançamentos:
www.gruponovoseculo.com.br

‹ns

- facebook/novoseculoeditora
- @novoseculoeditora
- @NovoSeculo
- novo século editora

gruponovoseculo
.com.br

Edição: 1ª
Fonte: Minion Pro